부크크 오리지널은 부크크의 기획출판 브랜드입니다.
여러분의 투고를 기다립니다.

혼

초판 1쇄 인쇄	2022년 1월 3일
초판 1쇄 발행	2022년 1월 10일

지은이	윤재광
펴낸이	한건희

책임편집	유관의
디자인	조은주

주식회사 부크크

출판사등록 2014. 07. 15(제2014-16호)
주소 서울특별시 금천구 가산디지털1로 119 A동 305호
전화 1670-8316
홈페이지 www.bookk.co.kr   **이메일** editor@bookk.co.kr
블로그 blog.naver.com/bookkcokr   **인스타그램** @bookkcokr
ISBN 979-11-372-6181-5 (03810)

혼

윤재광 장편소설

차 례

1부

1

처음에는 그저 도아盜兒, 혹은 티꾼이라고 불렀다. 그저 도둑놈이라 부르면 될 일이지만 사람들의 예의가 도를 넘어선 모양이다. 아무튼 그냥 도둑놈이라고 불리는 것보다야 훨씬 나은 일이었다.

"그래서 얼마여?"

"한 냥은 줘야제."

오늘도 서삼은 시장거리를 두리번거리며 밥값을 내어줄 선하면서 둔하고 이 동네에는 살지 않는 어중이떠중이를 찾고 있었다. 마침 한 번도 본 적 없는 노인이 전방에서 담뱃잎을 사고 있는 모습이 눈에 띄었다.

"오메. 담배 고거 한 주먹이 한 냥이라요. 나도 한 손에 쥐겠는디. 저기 시장 입구에 가믄 김 씨 아지매는 그거 배로 팔든디!"

"오메! 이 쥐새끼 같은 놈이 남의 장사 말아먹을 일이 있나!"

서삼이 노인 옆에 서서 한마디 던지자 전방 김 씨가 대번에 불호령을 내질렀다. 이미 시장거리에서 서삼을 모르는 사람은 없다시피 했다. 그러나 장사에 크게 방해가 되지도 않을뿐더러 어려서부터 혼자 몸으로 어미를 봉양하는 사정이 딱해 모르는 척해주고 있었다. 벌써 열 살을 넘겼지만 못 먹고 커서인지 기껏해야 여서일곱 살로 보이는 것도 안쓰러움을 더했다.

"허허! 그럼 시장 입구로 가봐야겠구만!"

노인은 시장 입구 쪽으로 몸을 돌리는 척했지만 두 발은 그냥 땅에 그대로 붙인 채였다. 이런 작은 시장에서 값이 달라봐야 크게 차이는 없을 테니 걸음값만 못할 확률이 높았다. 어쨌든 저 꼬맹이가 한마디 거들었으니 한 푼이라도 깎아볼 요량이었다.

"오메. 거 가봤자 똑같단 말이오. 알았소. 그라믄 내가 특별히 7전에 드릴랑께. 그냥 역서 사쇼."

3전이나 깎다니! 노인은 쾌재를 불렀다. 그 꼬맹이한테 1전이라도 줘야겠다 싶었다.

"흠흠. 뭐, 정 그러하다면야. 지금까지 실랑이한 값도 있으니 내 역서 사줌세."

노인이 주섬주섬 허리춤을 뒤지는데 이상하게도 전방 김 씨의 얼굴에 옅은 비웃음이 걸렸다. 몇 푼 안 되는 담뱃값마저 깎는 노인의 궁색함을 비웃는 것일까.

"어? 내 전통이 어딨당가?"

"아니, 돈도 없이 에누리를 했다요! 허 참! 멀쩡하게 생긴 양반이…… 저리 가슈!"

김 씨 얼굴에 번졌던 비웃음이 노골적인 무시로 변했다. 당황한 노인은 그런 김 씨의 표정을 보지 못한 채 연신 허리춤을 더듬고 바닥을 빙글빙글 돌며 살필 뿐이었다.

"아닐세! 내 전통이 없어졌당게! 아까 그 꼬맹이! 그놈이 째벼갔구만! 내 이놈을!"

하지만 이미 서삼은 자리를 떠난 후였다.

2

"김 박사. 이런 경우가 흔치 않아."

정신의학과 이 교수가 한껏 무게를 잡으며 진우를 불렀다. 박사라는 호칭을 언제 또 썼더라. 기억이 나질 않는다. 특정 상황에서 이 교수가 부르는 호칭이라는 것만은 정확한데 추측할 수 있는 건 거기까지다.

"후-."

이 교수가 담배 연기를 시원스레 뱉어냈다. 진우의 눈이 의아함에 살짝 찌푸려졌다. 그는 마흔의 나이에 늦둥이 딸 하나를 낳더니 그간 달고 살던 담배를 하루아침에 딱 끊었다. 주희가 지호와 동갑이니까 벌써 5년도 더 된 일이었다. 그런 이 교수가 다시 담배를 물다니.

"자네 담배 끊지 않았나?"

"딱 한 대만. 후-."

오랜만에 담배를 입에 문 것이 기분 좋은 건지 다른 이유에선지 이 교수는 연신 싱글벙글 웃으며 담배 연기를 내뿜었다.

"무슨 일인데 뜸을 그리 들여?"

분명 지호 이야기일 테다. 검사 결과가 나온 건가?

"결과가 안 좋은 거야? 불안하게 왜 이래? 끊었던 담배를 다시 피우질 않나……."

표정을 볼 때 안 좋은 소식은 아닌 것 같았지만 지호 이야기를 하는데 담배를 태우다니, 평소와 다른 그의 반응에 진우는 불안한 마음이 들어 그다음 말을 재촉했다.

"천재야. 이런 경우는 학계에도 알려진 바가 없어. 아니, 최소한 내가 본 아이 중에는 없어. 자네, 뭘 먹고 낳은 거야?"

"천재? 그게 무슨 소리야?"

담배를 옥상 난간에 비벼 끄는 이 교수의 눈이 빛났다. 병원 옥상에는 때 이른 가을바람이 계절 모르고 나왔다가 열기를 피하려 이리저리 날리고 있었고 아직은 여름이 정복자인 탓에 저물녘 태양은 곧 사라질 모양이면서도 위풍당당하게 열기를 뿜어내고 있었다. 그 열기 때문일까. 혹은 이 교수의 열정 때문일까. 진우는 방금 불 꺼진 가스레인지에 손끝이 닿은 것처럼, 그 뜨거운 눈빛에 소스라쳤다.

"테스트를 피하려고 했어! 무슨 소리인 줄 알겠나?"

"피하다니…… 그게 무슨 소리야?"

"메디컬 트릭을 쓰더란 거야!"

"그게 뭔데? 마술이야?"

"아니, 내가 만든 말인데 말하자면…… 아! 그래. 뮌하우젠*과 비슷한 거지."

"지호가 정신질환을 앓고 있다고? 그런 문제로 자네한테 보낸 게 아니잖나!"

---

* Münchausen syndrome : 허언증의 하나로 타인의 관심을 유발하기 위해 자신의 상황을 과장하고 부풀려서 이야기하곤 한다.

혼

아니, 엄밀히 말하면 애초에 내가 지호를 이 교수에게 보낸 것 역시 그것을 알아보려던 것이니 그런 문제로 보낸 게 맞는 건가? 진우는 스스로에게 되물었다.

"내가 '말하자면'이라고 했잖아. 말하자면 그렇다는 거야. 내가 만든 개념이라 설명을 해줘야겠군……."

이 교수는 자기가 만든 개념을 마치 세상은 다 아는데 진우만 모른다는 듯이 답답해하며 설명을 시작했다.

3

"엄니! 저 왔어라!"

서삼은 쌀 조금과 조기 한 마리를 들고 싸리문을 들어서며 엄니를 불렀
다. 노인의 전통이 두둑하지는 않았지만 그래도 이 정도면 내일은 시장거
리에 나서지 않아도 될 듯했다.

그때 끼익하는 소리와 함께 방문이 열렸다. 흙마루에 올라선 서삼이 마
루에 쌀과 조기를 내려놓자 엄니는 아무 말 없이 낚아채듯 쌀과 조기를 들
고는 부엌으로 향했다.

"손 씻어라."

부엌에서 음식을 준비하는 소리와 함께 엄니의 목소리가 낮고 차갑게
들려왔다.

"예, 엄니."

도둑질이 안 좋은 일이라는 것은 서삼도 아는 것이니 엄니도 알 것이다.
그리고 서삼이 도둑질을 한다는 것은 적어도 동네 사람은 다 아는 사실이니
그 역시 엄니도 알 것이다. 하지만 엄니는 단 한 번도 그것에 대해 이야기를
한 적이 없었다. 아무래도 상관없다는 듯이 그저 서삼이 무언가를 들고 들
어오면 아무 말 없이 손을 씻으라고만 할 뿐이었다. 서삼은 아마도 자신이
더러운 병에 걸릴까 봐 엄니가 걱정하는 모양이라고 생각했다.

마당 구석 장독에서 물을 길어 손을 헹구고는 마루에 앉아 있으려니 엄니가 금세 밥상을 차려왔다.

"묵어라."

"예, 엄니, 맛있게 자시쇼."

엄니는 아무런 말이 없었다. 오늘만이 아니었다. 엄니는 단 한 번도 서삼이 도둑질한 것을 나무라지 않았다. 서삼은 슬슬 왜 엄니가 자신을 혼내지 않는지에 대해서 이상함을 느끼기 시작했다.

서삼이 맨 처음 도둑질을 한 것은 엄니가 품앗이 일을 그만두었을 때였다. 그때가 아마 서삼이 일곱 살이 되던 해였을 것이다. 애비는 서삼이 눈을 뜨면서부터 집에 없었다. 소문으로는 무슨 농민운동인가 뭣인가를 따라 집을 나갔다고 들었다. 소작농 집안에 소작할 사람이 없어지니 먹을 것이 끊기는 것은 당연지사였다. 한동안은 그래도 엄니가 어딘가 나가 품앗이일을 해오곤 했었다. 하루 나가면 그래도 감자 몇 알, 옥수수 두어 개는 얻어와서 두 식구 입에 간신히 풀칠은 했는데 어느 순간부터는 일을 나가지 않기 시작했다. 집에는 더 이상 먹을 것이 없었지만 엄니는 만사를 포기한 듯 방구석에서 나올 생각을 하지 않았다. 어려서부터 자신에게 무섭게 굴던 엄니에게 칭얼대지 못하고 직접 먹을 것을 구하러 나선 것은 살고자 하는 본능에서 비롯된 행동이었다.

서삼은 그냥 무작정 집을 나섰다. 그가 사는 곳은 기껏 대여섯 호만 있는 소작농 마을인데다가 그나마도 망할 농민운동 때문에 집을 나간 사람이 많아서 동냥하러 가봤자 되레 동냥을 당할 판이었다. 계획 없이 걷던 서삼은 시장거리까지 나갔다. 보잘것없던 자신의 마을과는 달리 시장에는 길가에

먹을 것들이 쌓여 있었다. 처음엔 그저 먹고 싶은 마음에 하나둘 집에 들고 오기 시작했다.

서삼이 훔치는 물건들은 딱히 가져오겠다는 마음을 먹지 않아도 마치 자석에 이끌리는 부스러기들처럼 그의 손에 자연스레 들어와 있었다. 그 물건들은 마치 자신을 구해달라고, 자신이 있을 자리는 여기가 아니라 서삼의 주머니 속이라는 듯이 둥둥 떠다니고 있었고 그저 근처에 다가가면 마치 손에 달라붙듯 자연스레 그의 것이 되었다.

"엄니, 고구마."

아마 처음 훔쳤던 것이 고구마인가, 감자인가. 엄니는 잠시 그것을 쳐다보다가 순식간에 쪄서는 서삼에게 쥐여주고 본인도 입에 물었다.

"손 씻고 묵어라."

그때부터였다. 서삼에게 꼬박꼬박 손을 씻으라고 하기 시작한 것이. 그 뒤로 서삼은 도둑질을 계속했다. 시작은 크기가 작고 배를 채울 수 있는 고구마나 옥수수, 감자 같은 것들이었다. 그러다 나중에는 엽전이나 장신구 등을 소매치기하곤 했다. 대상은 늘 외지인이나 장돌뱅이들의 쌈짓돈이었다. 아무래도 시장거리 장사꾼 중에는 동네 사람들이 많았는데 그들의 물건에 손을 대는 것은 미안했기 때문이었다.

몇 번 잡힌 적도 있기는 했으나 여서일곱 살밖에 안 되어 보이는 서삼을 관아에 넘기는 사람은 없었다. 그저 꾸짖듯 훈계 몇 마디를 던질 뿐이었다. 그렇게 자그마치 3년이 흘렀다. 3년이라는 시간은 서삼이 도둑질에 익숙해지기에 충분한 시간이었다.

4

"자, 예를 들어보지."

이 교수의 눈빛이 빛났다. 의과대학에 막 입학했을 무렵, 첫 오리엔테이션에서 누군가 몰래 챙겨온 양주를 발견했을 때의 모습이 얼핏 보였다. 분명 신이 난 상태였다. 그리고 흥분했다.

"어느 날 지호가 말이지. 유치원에 갔다가 애들끼리 누구 아빠가 제일 똑똑한가 시합이 붙었다고 치자고."

"애들이 무슨 그런……."

요즘 애들은 워낙 조숙하다 보니 차종이나 사는 아파트 이름으로 자랑을 한다고는 하지만 아빠가 똑똑하다는 걸로도 경쟁을 할까.

"그러니까 예를 들자면 말이야. 지호는 자기 아빠가 굴지의 종합병원에 다니는 의사라고 자랑을 해. 우리 아빠가 똑똑하다고 말이야. 그런데 애들이잖아? 의사가 더 똑똑한지 변호사가 더 똑똑한지 모른단 말이지."

"아, 그거야 그렇지. 게다가 그건 개인차가 있는 거니까. 직업으로 나눌 수도 없고."

이야기의 주인공의 지호라서일까. 어느새 진우는 이 교수 이야기에 빠져들었다.

"그래. 그런데 그중 한 아이 아빠가 학교 선생님이었던 거야. 그 나이 또래 애들에게는 선생님이 최고거든. 자기들을 가르치는 사람이잖아. 그래서 지호는 말하자면 진 거야. 세상에서 제일 똑똑해야 하는 아빠가 다른 아빠보다는 조금 모자란 상황이 돼버린 거지."

"아니, 그게 직업이랑 무슨 상관이……!

진우는 발끈했다. 단순히 예로 든 것이지만 왠지 모를 승부욕이 일었다. 누구든 자식에게 모자란 아빠가 되고 싶진 않을 것이다.

"아, 애들이니까. 응? 일단 들어봐."

진우는 반박하려다 말고 이 교수 말에 입을 다물었다. 순간, 발끈한 자신이 유치하게 느껴졌다.

"그런데 지호는 아무리 생각해도 우리 아빠가 선생님보다 똑똑할 것 같단 말이야. 그래서 지호는 결심했어. 아, 오늘 집에 가서 아빠가 똑똑한지 한번 알아봐야겠다."

"지호가 그걸 어떻게 알아봐?"

"이것저것. 자기가 아는 선에서의 질문을 아빠에게 해서 답이 맞게 나오는지 봐야겠다고 결심한 거야."

"에헤이…… 이 친구가."

진우는 한도를 넘어선 유치함에 혀를 찼다. 하지만 막상 질문거리를 골똘히 고민하고 있는 지호의 모습을 떠올리니 흐뭇한 미소가 입가에 걸렸다. 그런 지호라면 백 번이라도 환영이다.

"자. 그런데 자네가 이런 이야기를 제수씨한테 먼저 들어버렸어. 지호의 야심에 찬 계획은 이미 어긋나기 시작한 게지. 그런데 말이야. 자네는 지호가 반듯하게 자라길 바라잖아? 그렇지?"

"아, 뭐. 그야 당연한 거지."

이 교수가 슬며시 웃음 지었다.

"그래서 자네는 지호를 살짝 속이기로 한 거야. 물론 자네 같은 의사 양반이 학식도 높고 지식도 많겠지만, 그래도 학교에 다닐 지호를 생각했을 땐 선생님을 더 높게 우러러봐야 더 열심히 공부하지 않겠느냔 말이지."

"음…… 뭐, 그럴 수도…….."

교육이고 뭐고 일단 지호에게 멋진 아빠가 되고 싶었지만 한편으론 그런 쪽으로도 생각할 수 있겠다 싶었다.

"그래서 일부러 지호의 질문에 틀린 답을 말하는 거야. 자네가."

"그래, 뭐. 충분히 가능성은 있는 이야기네. 그런데 이 이솝우화 같은 이야기는 대체 왜 하는 거야?"

이 교수가 웃음기를 살짝 거두며 진지하게 진우를 쳐다봤다. 자칫 오해하면 진우의 마음을 찢어놓을 진단명이라도 말할 것 같은 표정으로도 보였다.

"이번 테스트에서는 내가 바로 지호였고 지호는 바로 자네 역할을 했단 말일세! 무슨 말인지 알겠나?"

"아……?"

그러니까 지금 이 교수 이야기는 지호가 이 교수를 어디 아동용 그림책에 나오는 퀴즈로 아빠 지능을 테스트하려는 여섯 살짜리 꼬맹이로 취급했다는 것이다. 지호가 범상치 않다는 것은 이미 알고 있었지만 결과는 그의 예상을 많이 벗어난 수준이었다.

"그……그게 진짜야?"

진우는 황당함과 당황함이 뒤섞인 감정을 겨우 추스르고는 되물었다.

지금 이 교수의 말이 사실이라면 지호는 이 교수의 테스트에서 일부러 틀릴 문제는 틀리고 맞힐 문제만 맞혔다는 이야기다. 그것도 자신의 연령대에 알맞을 점수를 계산하면서 말이다. 그게 가능한 수준이라는 것도 놀라웠지만 의도적으로 그렇게 했다는 것이 그를 당황하게 했다. 그저 부모에게 예쁨 받고 싶을 나이가 아닌가.

"자네는! 내가 몇 번을 말하나. 천재라니까! 절세미인이랑 결혼하더니 아들까지 천재라니! 타고난 복이 어마어마하구먼! 하하하."

이 교수는 진우의 어깨를 두드리며 크게 웃었다. 천재라……. 진우도 어렸을 적엔 신동 소리 좀 듣고 컸다. 진우의 생각에도 자신은 다른 아이들보다 훨씬 읽고 이해하는 것이 빨랐고 또래 아이들과 노는 것보다는 한참 위의 형, 누나들과 이야기하는 편이 즐거웠다. 하지만 어디 신동 소리 못 들어본 사람이 얼마나 되겠는가. 그런데 천재라니. TV 프로에서나 보던 그런 천재라니.

보통의 부모라면 당연히 뛸 듯 기뻐하겠지만 진우는 그러지 못했다. 당장 뛸 듯 기뻐한 부모들이 넘어져 다치는 꼴을, 그러다 그 자랑거리 자식을 깎아뭉개는 꼴을 많이 봤기 때문이다. 내가 지호를 이끌어줄 수 있을까. 오히려 지호의 뒷덜미를 잡아 지호의 목을 조르진 않을까. 일단 진우는 기뻐하는 건 자제하기로 했다. 너무 속도가 빠른 것을 잡을 때는 진정해야 한다. 언제든 손을 놓을 준비가 되어야만 넘어지지 않을 수 있다. 자칫 휘말리면 발이 꼬이기 마련이니까.

"자네, 왜 아무 말이 없어. 내 장담하건대 앞으로 열 번은 TV에 나와야 할 거야. 그때 나도 꼭 지호의 천재성을 가장 먼저 발견한 정신과 전문의로다가 같이 섭외 좀 해줘. 알았지?"

이 교수는 너스레를 떨었지만 두 눈에는 진지함이 어려 있었다. 그도 알고 있었다. 천재도 분명 사람이지만 단순히 그 본질이 사람이라는 사실이 주변에 안정감을 주진 못한다. 그들은 달리는 속도가 다르다. 그래서 외롭고 불안정하다. 주변을 돌아보다가 넘어지는 경우가 많다. 그리고 넘어지면 빨랐던 속도만큼 크게 다친다.

"흠…… 그리고 이건 친구이자 정신과 전문의로서 하는 말이니까 새겨들어. 제수씨도 교육학 전공이고 자네도 의사니까 한동안은 어디 한적한 데서 재택학습 하는 것도 한번 고려해 봐. 제수씨 산후조리한 마을도 있다며. 거기도 괜찮고."

이 교수의 마지막 말에 진우의 얼굴이 살짝 굳었다. 진우는 그 마을이 영 찝찝했다. 희령과 어떤 인연이 닿았는지는 모르지만 그 끈의 끝이 아득히 멀게만 보였다. 흐릿한 안개 속인 듯, 명확하게 드러난 것은 없지만 어딘가 내키지 않았다. 하지만 위기 상황에서는 그 끝이 어디에 묶여 있는지 고려할 여유가 없다. 지금 상황에서는 그보다 나은 대안은 없어 보였다. 진우가 입술을 꽉 깨물었다.

게다가 이번 테스트를 하게 된 계기를 생각해보면 이사를 하는 게 좋겠다는 이 박사의 말에 고개를 끄덕일 수밖에 없었다. 천재는 자신도 다치게 하지만 스스로 다치지 않기 위해 주변을 파괴하기도 하니까.

5

희령을 처음 본 것은 병원에서였다. 진우는 예닐곱 정도 되어 보이는 아이의 손을 꼭 잡고 병원 로비를 지나는 희령을 보고 첫눈에 반하고 말았다. 진우의 또래로 보였지만 10대의 그것과 같은 생기를 가진 여자. 애정과 연민, 번뇌가 뒤섞인 눈빛으로 아이를 바라보는 그녀는 어딘가 신비로운 기운을 뿜어냈다. 아이가 있다는 사실이 마음에 걸리긴 했지만 몇날 며칠의 고민 끝에 결국 그녀에게 말을 걸었다. 그 아이가 희령의 아이가 아니라 희령이 운영하는 보육원에 있는 아이라는 사실을 알고 나서는 얼마나 흥분했던지.

그 뒤로도 희령은 거의 주기적으로 애들을 데리고 내원했다. 그때마다 진우는 별 시덥잖은 주제로 말을 걸어봤지만 희령은 어딘가 쓸쓸한 미소를 머금은 채 대답을 아낄 뿐이었다. 하지만 진우는 포기하지 않았다. 그렇게 끈질기게 반년여를 치근덕대고서야 보육원에 입성할 수 있었다.

원래 애들을 좋아하는 편은 아니었지만 희령의 환심을 사려 살뜰히 애들을 살피고 놀아줬다. 그런 모습에 희령 역시 어느 정도 마음을 연 것처럼 보였다. 아이들도 올 때마다 선물을 사오는 진우를 매우 좋아했다. '아이들과 친해지면 나와 희령을 놀리듯 이어주겠지'라는 진우의 기대는 입양이 되는 것인지 서너 번 만나기가 무섭게 아이들이 바뀌면서 물거품이 되었다.

하지만 진우의 순애보가 통한 것일까. 일 년 정도 지난 후에는 단 둘이 데이트도 하는 사이가 되었고 그로부터 몇 달이 지난 후에는 결혼에 골인했다. 결혼식은 조촐하게 치렀다. 희령은 고아라고 했고 진우 역시 부모님 모두 시골에서 나고 돌아가신 터라 따로 결혼식에 초대할만한 사람은 많지 않았다. 결국 결혼식은 둘의 직장 동료 몇몇만 참석한 가운데 조용하게 지나갔다.

결혼하고 얼마 되지 않아 희령은 갑자기 보육원을 정리하고는 집에 은둔하듯 지냈다. 이뿐만 아니라 혹여 잔인하거나 자극적인 영상에 놀랄 수 있다며 집에서는 아예 TV를 못 켜게 했다. 또 배달음식이나 인스턴트는 아예 손도 못 대게 했고 이틀에 한 번꼴로 도우미를 불러 요리와 청소를 다 맡겼다. 희령이 하는 일이라곤 도우미를 감시하는 일 정도였다.

갑자기 변해버린 희령의 모습에 이 교수에게 도움을 청해야 하나 고민하던 때 우연히 희령의 임신 사실을 알게 되었다. 이미 임신 12주가 다 되어가는 시점이었다.

복도에서 진우를 마주친 산부인과 정 박사가 환하게 웃으며 다가왔다.

"아이고, 쌍둥이 아버님. 요즘 아주 행복하시겠어요?"

"응? 무슨 말씀이세요?"

이어진 정 박사의 이야기는 약간은 충격적이었다. 두 달 전 희령이 병원에 와서 초음파 검사를 했는데 임신이었단다. 내가 아빠가 된다니. 벅찬 감정이 몰려왔다. 그런데 그것도 잠시, 의아함이 꼬리를 물었다. 희령은 왜 임신 사실을 숨겼을까. 그러나 진우는 이내 고개를 흔들었다. 첫 임신이다 보니 조심스러워서 그랬겠지.

그런데 그 찜찜함은 희령을 마주하고 나서 다시 고개를 들었다.

"여보, 축하해요!"

"웬 꽃이에요? 그것도 두 다발이나?"

"우리 아이가 둘이나 생겼는데 축하해야죠! 왜 말 안했어요?"

"아, 아직 초기라서…… 그런데 쌍둥이 아니래요. 다른 데서 검사받았어요."

"그게 무슨 말이에요? 정 박사가 분명 쌍둥이라고……."

"가끔 초음파 음영 때문에 오진이 나올 수도 있다고 해요."

"어디에서 검사 받았는데요?"

희령은 잠시 말을 멈추고는 진우의 눈을 천천히 들여다봤다. 처음 진우가 빠져들었던 우수에 찬 그 눈빛으로. 그때와 다른 게 있다면 지금은 슬픔과 연민이 더욱 짙어졌다는 것이었다.

"여보, 저…… 시골에 좀 가 있을게요."

"응? 갑자기 웬 시골? 병원에도 자주 다녀야 하잖아요."

진우는 그녀가 답을 피한 것 같다는 느낌이 들었다. 그런데 그보다 더 이상함을 느낀 건 다른 부분이었다. 갑자기 시골이라니. 임신 초기인 산모에게 언제 응급상황이 생길지 모르는데. 게다가 직원 할인이라든지 혜택은 차치하고라도 이 지역에선 진우가 다니는 종합병원만한 병원이 없었다.

"마을에 산파도 따로 계시니까 걱정하지 마세요."

산파라니. 물론 산부인과는 아니지만 의사 남편을 앞에 두고 무슨 산파 타령인가. 조선시대도 아니고.

"아니, 그래도."

"전 괜찮아요. 우리 아이도 아무 일 없을 거니까 걱정하지 마세요."

진우의 말을 싹둑 자른 희령은 환하게 웃어 보였다. 그 태도가 워낙 단호

해 설득하려면 시간이 오래 걸리겠다고 생각한 진우는 나중에 다시 이야기
해야겠다고 마음먹었다. 어떻게 설득해야 할지 고민만 거듭하던 어느 날,
희령은 홀연히 모습을 감췄다.

6

"잘못했어요! 엉엉. 잘못했당게요!"

서삼이 크게 서너 발 뛰면 끝이 닿을만한 마당에서 뒹굴고 있었다. 서삼이 손이 발이 되도록 싹싹 비는 대상은 엄니였다. 굳은 표정의 엄니는 손가락 두 마디만한 작대기로 서삼을 두드려 패고 있었다.

"이 새끼! 이 쥐새끼 같은 놈! 이, 이!"

문제의 발단은 그날따라 시장 거리에 온통 서삼이 아는 사람뿐이었다는 것이었다. 벌써 며칠이나 배를 주린 참이었다. 뭔가 훔치지 못하면 예외 없이 엄니와 자신은 오늘도 굶게 될 터였다. 오전 내내 시장거리를 둘러봤는데도 훔칠만한 주머니가 보이질 않았다. 결국 서삼이 손을 댄 것은 건넛집에 사는 언양댁네 부엌이었다. 열네 살이 된 서삼은 여전히 작고 왜소했지만 그 덕에 동네 그 누구보다 날랬다. 자기 키만한 싸릿대를 넘는 것쯤이야 일도 아니었다. 자물쇠도 없는 시골집 부엌이야 두말할 필요도 없었다. 문제는 온 동네가 서삼을 주시하고 있었다는 것이고 마당에 떨어진 이삭 한 줄기만 없어져도 대번에 서삼의 집으로 쳐들어올 준비가 되어 있다는 것이었다.

"보랑께! 내 언젠가 이럴 줄 알았제! 애비 없는 새끼 짠하다고 봐주는 것도 한두 번이제! 영남댁도 정신 차리랑께! 애새끼 도둑으로 키우지 말고!"

그날 서삼이 훔쳐온 밥을 미처 다 먹기도 전에 언양댁이 쳐들어왔다. 그래봤자 기껏 쌀 조금에 시래기 몇 줄기였다. 동네 사람인지라 딴엔 인정을 부려 훔쳤다고 생각했는데 온양댁에게는 그렇지 않았나 보다.

"나가 이번만 넘어가줄 텡께! 다음에 또 걸리기만 혀! 그때는 두말 안 하고 관에 가서 경을 칠 줄 아랑께!"

언양댁이 뒤엎어버린 밥상이 좁은 마당에 서삼과 함께 뒹굴고 있었다. 서삼이 도둑질을 시작한 뒤로 이렇게 크게 덴 적이 없었다. 딱히 잡힌 적이 없었기 때문이다. 이번에도 딱히 증거랄 것은 없었다. 하지만 이미 마을에서 서삼의 소문은 자자했고 아주 자그마한 것만 사라져도 서삼이 범인으로 몰릴 거라는 걸 그 자신만 몰랐다는 게 문제였다.

엄니가 그저 보통의 엄니였다면. 어려서부터 도둑질은 나쁜 거라고 하면 안 된다고 가르쳤다면. 처음 감자인가 고구마를 훔쳐왔을 때, 단 한 번 잡아준 적 없는 내 손을 붙잡고 끌고 가서 머리를 조아리고 같이 사죄하고 돌아왔다면. 지금의 이런 취급은 안 받아도 될 텐데. 서삼은 순간 엄니가 원망스러웠다.

아니, 굳이 지난 일까지 들먹일 필요도 없다. 명색이 어미라면 역정을 내며 내 자식이 훔쳤다는 증거 있냐고. 두 눈깔로 직접 똑똑히 본 거 맞냐고. 서삼이! 내 아들! 그런 아들 아니라고! 서삼이 네 입으로 말해보아라! 훔친 것이 맞냐고 물었으면, 서삼은 훔치지 않았다고 대번에 말할 수 있었다. 그런데 엄니는 그러지 않았다. 그저 묵묵히 비난을 다 듣고는 먹먹하게 뒹구는 밥상을 바라보고 있었다.

"엄니…… 지가 잘못했……."

그때였다. 서삼이 잘못했다고 말하려는 순간, 엄니는 마당 구석에 놓여 있던 작대기를 집어 들고는 욕을 퍼부으며 서삼을 두드려 패기 시작했다.

서삼은 싹싹 빌었지만 왜 빌어야 하는지는 알지 못했다. 도둑질이 잘못된 일이라서 패는 것이라면 그 시기가 적어도 5년은 늦었다. 그렇다면 도둑질이 들켰다고 패는 것인가. 서삼은 그저 잘못했다고 빌 수밖에 없었다. 도둑질이 잘못되었든, 잡힌 것이 잘못되었든.

매질은 거의 한 시간이 넘게 계속되었다. 싸릿대 위로 넘어들어오던 동네 사람들의 눈길도 흩어진 지 오래였다. 누구 하나 엄니의 매질을 말리는 사람이 없었다는 것은 그만큼 서삼이 유명하다는 방증이었다. 죽일 듯 두드려 패던 엄니의 손길이 뜸해지자 서삼도 정신이 조금 들었다. 죄송하다는 말도 이제 없었고 엄니의 입에서 매질마다 튀어나오던 욕설도 잦아들었다. 매질을 멈춘 엄니가 악문 잇새로 낮고 차가운 목소리를 뱉어냈다.

"망할 놈의 쥐새끼."

그 눈빛이 서삼의 가슴속에 차갑게 꽂혔다. 그저 애비가 없는 만큼 엄하게 다스리려 조금 무뚝뚝하게 자신을 대하는 거라고 스스로 속여왔던 그 차가운 엄니의 눈빛. 그것은 마치 길거리에 밟히고 밟혀 납작해진 개구리의 사체를 바라보는 듯한 눈빛이었다. 마치 대변을 보다 따라나온 꿈틀거리는 회충 덩어리를 보는 듯한 눈빛. 내 몸뚱이에서 나온 것이 너무나 혐오스럽다는 듯한 눈빛. 서삼은 두들겨 맞는 것보다, 도둑놈이라 손가락질 당하는 것보다 그 눈빛이 더 싫고 무서웠다.

그런 일이 있고 난 뒤에도 엄니는 일을 나가지 않았다. 서삼도 도둑질을 계속했다. 그렇게 한동안 마치 숙주와 기생충처럼, 엄니와 서삼의 공존은 계속되었다. 그 사건이 있기 전까지.

7

    홀연히 사라졌던 희령이 다시 돌아온 것은 몇 달 후였다. 그녀는 바로 어제도 만난 사람처럼 태연스럽게 진우를 반겼다.

    "여보, 왔어요? 저녁은 식탁에 차려놨어요. 몸이 이래서…… 국은 데워서 떠드세요."

    오랜만에 만난 희령은 배가 거대하게 불러 있었다. 진우는 그 산파라는 작자가 무슨 이상한 짓을 한 게 아닌가, 의심스럽기까지 했다. 그만큼 희령의 배는 스스로 거동하는 것마저 힘들어 보일 정도로 부풀어 올라 있었다. 쌍둥이가…… 아니라고 했지.

    부푼 배가 허파를 누르는지 말 한 마디 한 마디 할 때마다 힘겨워 보이기는 했지만 다행히 건강에 문제는 없는 듯했다. 혈색도 전보다 발그레하니 좋았고 표정도 해맑았다.

    진우는 지난 몇 달의 시간에 대해 따로 묻지는 않았다. 어쨌든 희령은 그동안 내내 전화나 문자로 상황을 알려왔다. 몇 번이나 어디 있느냐고, 돌아오라고 했지만 희령은 요지부동이었다. 어디인지 밝히질 않으니 가서 억지로 끌고 올 수도 없었다. 그나마 연락은 꼬박꼬박 해주는 것에 감사해야 할 지경이었다.

    상식적으로 이해가 가지 않았지만 이 교수가 임신우울증이나 태교의 문제라면 도심에서, 그것도 거의 종일 혼자 있는 편보다야 시골에서 시간을 보내는 편이 훨씬 좋다고 진우를 안심시켜 마지못해 수긍한 터였다.

"응, 고마워요. 힘든데 뭐 하러 차렸어요. 다음부턴 그냥 먹고 들어올게요."

진우는 당장에라도 따지고 싶었지만 언젠가 통화로 다그쳤다가 아예 연락마저 끊길 뻔했던 것이 생각나서 한숨을 크게 들이켰다. 희령과 배 속의 아이 모두 건강하게 돌아온 마당에 굳이 다툴 이유는 없었다.

산달이 다가올 무렵 희령은 한 번 더 어디론가 사라졌다. 이번에는 진우도 크게 관여하지 않기로 했다. '산파'라는 존재가 여전히 마음에 걸리기는 했지만 가장 조심해야 하는 초기에도 별일이 없었다는 사실에 조금은 안심했다. 그리고 시골에서 돌아온 뒤 진우가 거의 반강제로 권한 병원 검사에서도 큰 이상이 없어서 가능하면 산모의 마음이 편한 대로 하게 해주라던 산부인과 성 박사의 의견도 유효했다. 무언가 머뭇거리는 정 박사의 모습만은 께름칙했지만.

8

늘 문제를 일으키는 것은 자만이었다. 하지만 서삼이 생각하기에는 그 비녀가 문제였다. 쪽빛이 어찌나 고운지 태어나서 한 번도 못 본 바다라는 것이 저렇게 빛나려는가 싶게 영롱한 그 비녀. 언양댁 사건으로 고된 매질을 견디는 자신을 향한 엄니의 눈빛을 본 뒤, 서삼은 엄니의 환심을 사려 단순히 먹을 것만이 아니라 예쁜 것들, 여자들이 좋아할만한 것들에 손을 대기 시작했다.

엄니는 그저 말없이 서삼이 가져온 물건들로 치장을 하고 따로 팔아 동네에 인심도 쓰고 하더니 이제는 여기저기 동네 참견이나 하고 다니는 쌈닭이 돼버렸다. 하지만 그 많고 많은 싸움 중에 서삼이 도둑놈이 아니라며 그를 두둔하는 싸움을 한 적은 없었다. 엄니는 자식에게 응당 내보일 어떤 애정도 서삼에게 주지 않았다. 오죽하면 서삼은 도둑질이 들켜 마당에서 매를 맞던 그때가 그리울 때마저 있었다. 매를 들었던 그때만큼은 자기 어머니인 것 같았다. 그나마 서삼에게 위로가 됐던 것은 탁주에 취한 엄니가 날마다 잠들기 전 읊조리는 넋두리뿐이었다.

"내 쥐새끼…… 하나 남은 내 쥐새끼…… 이 새끼를 어찌할꼬……."

동네 사람들은 엄니를 보고 딱하다고 혀를 찼다. 가끔 말 많은 여인네들은 서삼을 낳으면서 사달이 났다며, 그때부터 분명 제정신이 아니라고도 했고 혹자는 남편이 농민운동이랍시고 나가서 죽어버린 게라며 그때부터 정신을 놔버렸다고도 했다. 가끔은 품앗이일을 하다가 주인 양반한테 겁탈당했다는 이들도 있었지만 모든 이야기는 뜬소문일 뿐 실체는 없었다. 그나마 확실한 것은 누가 봐도 엄니가 일반적인 모성애를 보이진 않는다는 사실이었다.

서삼도 그 말에 반박을 할 수는 없었지만 엄니의 중얼거림을 들은 뒤부터는 그래도 엄니에게는 역시 나 하나뿐이라며 위안을 삼았다. 그런 엄니가 좋아할 거란 생각에 그 비녀를 훔쳐야겠다고 생각했다. 하지만 어떤 물건들은 있어야 할 자리를 스스로 찾아가기도 하는 것이었다.

"네 이년! 이실직고하지 못할까. 이 비녀가 정녕 네 것이란 말이더냐!"

포졸들이 들이닥친 것은 너무나 당연한 일이었다. 들개가 진주목걸이를 하는 것과 진배없었다. 몸에 맞지 않는 옷은 불편하기만 하지만 분수에 맞지 않는 부는 사람을 불행하게 한다. 마을 사람들 앞으로 끌려나와 바닥에 패대기쳐진 엄니가 포졸의 바짓가랑이를 붙잡고 외쳤다.

"아이고, 맞당께요. 뒈진 서방이 남긴 유품이랑께요!"

늘 빈곤한 삶을 살았더라도 죄인이 된 것은 처음인지라 하루 만에 그나마 남아 있던 살마저 한 번에 빠져버린 듯 엄니는 초췌했다. 서삼은 그런 엄니를 보면서 마음 한구석이 아려왔다. 도둑놈은 난데. 도둑놈은 난데. 엄니는 왜 말을 못할까.

"정녕 네년이! 여봐라! 매우 쳐라!"

원님이 노기 어린 목소리로 명을 내리자 살갗 찢기는 소리가 한동안 울려 퍼졌다. 상당히 오랜만에 열린 송사인지라 구경꾼들이 몰려 관아 마당은 숨 막히는 열기로 가득했다.

"내 사달이 날 줄 알았당께. 영남댁이 품일 안 나온 지가 벌써 몇 해여."

"그라제. 저번에 그 모시옷 봤능가? 그것도 분명 훔친 거랑께."

아랫것들은 스스로 내려가지 않는다. 더 아래에 있는 다른 이들이 오르는 자들을 끌어내리는 것이다. 저것들 물건은 내가 일부러 안 훔친 것인데. 단 한 번도 내가 마을에 해를 끼친 적은 없건만. 배은망덕한 것들.

"낄낄낄. 내가 그럴 줄 알았지, 암. 밤이슬 밟기에는 너무 펑퍼짐하지 않은가 말이네. 험험. 뭘 쳐다보는 게냐!"

서삼이 농을 던지는 김 첨지를 노려보자 그가 서삼을 향해 곧 때릴 듯 손을 들어올렸다. 저 거지 같은 양반놈이 서삼의 도둑질을 관아에 일러바치겠다며 엄니를 협박해 쌀이며 고기며 뜯어간 것을 내가 모를 것 같은가!

"주요한 송사 중이니 소란을 삼가시오."

어느덧 곤장질이 멈췄는지 사라진 매질 소리 위로 관중의 소란이 덧씌워지자 이방이 장내를 정돈했다.

"아씨, 어찌하면 좋으시겠소?"

원님이 방을 향해 나지막이 묻자 방 안에서 묘령의 여자 목소리가 흘러나왔다. 고을 원님의 집무실을 차지하고 있을 뿐만 아니라 송사에 의견을 묻다니. 상당히 높은 집안의 자제임이 틀림없다. 하필 훔쳐도 그런 비녀를 훔치다니. 서삼의 눈이 삐어도 단단히 삐었던 모양이었다.

"다행히 어머님의 유품인 비녀도 찾았고 응당한 죗값도 치른 모양이니 이만 놓아주시지요."

"허…… 어쩜 이리 아량도 넓으시오리까. 알겠습니다. 그리 처분하겠습니다."

그래도 원님인지라 채신을 지키려 노력한 티는 역력했지만 굽실거리는 몸짓에 묻어 있는 비굴함을 전부 숨길 수는 없었다.

"여봐라, 저년 이마에 도둑이라고 적어 관아 밖으로 내치거라!"

서삼이 훔쳐다줬던 모시옷이 다홍치마처럼 붉게 물들었다. 곤장이라는 것이 사람이 맞을 것이 아니었다. 게다가 험한 일도 거의 안 해본 엄니의 허벅지는 호된 매질을 견디지 못했다. 감나무에서 떨어진 홍시처럼 멍이 들다 못해 고인 피가 터져서는 치마를 다 적실 정도였다.

제대로 걷지도 못하는 어머니를 끌다시피 집으로 겨우 데리고 와서 자리에 눕힌 서삼은 눈물을 왈칵 쏟았다.

"엄니……."

"서삼아…… 내 새끼…… 미안허다……."

뭐가 미안하단 말인가. 도둑질을 한 건 자신이 아닌가. 그런데도 엄니는 도리어 자신에게 미안하다고 했다.

"아니여, 엄니…… 내 잘못이여……."

"아니다, 서삼아. 내 속으로 논 새끼…… 하나 남은 새끼……."

하나 남았다니. 서삼이는 평생 형제 소리는 들어본 적도 없었다. 아무래도 매질로 열이 올라 헛소리하는 게다 싶었다.

"서삼아…… 니는 쥐새끼를 갖고 난 놈이여. 하필 그 쥐새끼놈이 처음 훔친 것이 네 동생이란 말이다……."

어머니는 말끝을 흐리더니 고개를 돌려버렸다. 서삼이는 말문이 턱 막혔다. 쥐새끼라니.

"그……그게 무슨 말이여, 엄니!"

"아니다, 아니여…… 내 새끼 미안허다……."

엄니는 고개를 다시 돌려 서삼을 보며 눈물을 뚝뚝 흘렸다. 서삼은 불길한 예감이 일었다. 어머니는 자꾸만 자신이 아닌 저 너머 어딘가를 보고 있었다. 아무리 서삼이 말을 걸고 눈을 맞춰보려 해도 엄니의 시선은 자꾸 등 너머 다른 이를 보고 있는 것 같았다. 서삼이 등짝에 소름이 쫙 돋았다.

"엄니! 엄니! 정신 차리랑께! 나가 금방 의원님 모시고 올 텡께!"

"서삼아…… 내 새끼…… 미안혀……."

의원을 모시고 오겠다며 방을 박차고 달려나간 서삼은 결국 의원 대신 이런저런 약재만 훔쳐서 집에 돌아왔다. 그저 한 끼, 한 끼 도둑질로 연명하는 집에 돈이 있을 리가 없었다. 그러니 의원을 모실 요량이 없었다.

"엄니! 엄니!"

서삼은 돈 한 푼 없이 의원을 데리러 간 멍청한 자신을 질책하며 훔쳐온 약재를 달여 엄니에게 억지로 먹였다. 어느 약이 명약인지 독약인지 모를 일이었지만 서삼으로서는 방도가 없었다. 그렇게 사흘 밤낮 식음도 전폐하고 엄니를 돌봤지만 엄니는 끝내 숨을 거두었다.

곤장을 맞은 탓인지, 서삼이 훔쳐 온 약재를 잘못 먹어서인지 모를 일이었으나 어쨌든 둘 다 그 원인은 서삼에게 있었다. 싸늘히 식어버린 엄니의 몸을 부둥켜안은 서삼은 밤새 구슬프게 울부짖었다.

9

"쥐새끼라는 것이 혼魂이란 말인가."

어머니가 죽은 후 서삼은 미련 없이 마을을 떠났다. 딱히 정들만한 곳도 아니었고 어머니가 그렇게 누명 아닌 누명을 쓰고 죽은 마당에 서삼을 바라보는 마을 사람들 눈빛이 좋을 리도 없었다.

그렇게 10여 년을 마땅한 터전 없이 여기저기 떠돌며 도둑질로 연명했다. 배운 게 도둑질뿐이니 어미를 그렇게 잃고도 달리 할 수 있는 일이 없었다. 물론 시도조차 하지 않은 건 아니었다. 막일을 해보기도 하고 목공일을 배워보려고도 했으나 영 소질이 없었다. 마치 누군가 의도적으로 가로막는 느낌마저 들 정도였다. 결국 매번 도둑질로 되돌아오게 되었다.

전과 다른 점이라면 더는 주린 배를 채우기 위해 도둑질을 하는 것이 아니라는 것이었다. 서삼은 산 속에 은신처를 마련하고는 훔친 재물들을 모으기 시작했다. 엄니가 죽은 것은 결국 돈 때문이나 마찬가지였다. 내게 부가 있다면 엄니가 죽을 이유도 없었다. 그 비녀를 살 돈이 있었다면……. 엄니가 그리 숨을 거두던 날, 서삼은 눈물을 흘리며 다짐했다. 기필코 부자가 되리라.

하지만 재물을 아무리 모아도 서삼의 마음은 공허했다. 늘 뇌리에 맴도는 엄니의 유언. 자신의 삶에 얽힌 비밀이 그의 마음 한 구석에 박혀 있었다. 쥐새끼를 갖고 태어났다는 것이나 형제의 혼을 훔쳤다는 게 무슨 뜻인지 궁리해보았지만 점점 더 미궁에 빠질 뿐이었다.

그러던 어느 날, 뜻밖의 인물이 수수께끼 같던 유언에 대한 실마리를 던져주었다.

"사람은 날 때 혼을 갖고 태어난다네. 하나는 머리, 하나는 마음. 그런데 자네처럼 혼이 세 개인 사람이 날 때가 있어. 그중 자혼이라는 놈은 손으로 가서 도둑질을 일삼게 된다네."

"그럼 제가 도둑질로 벌어먹고 살 운명을 타고났단 말씀입니까."

스님은 너털웃음을 터뜨렸다.

"사람이 나고 죽는 데에는 모두 업과가 있게 마련이니, 또 알겠는가. 자네가 전생에는 도둑질만 당하는 사람이었을지. 허허."

"그런데 스님. 왜 저를 보고 딱하다 하신 겁니까. 도둑놈 아닙니까."

그날도 여느 날처럼 서삼은 소매치기를 하던 중이었다. 근 10여 년을 모은 재물은 평생 서삼이 먹고 살 수 있는 정도가 되었지만 밑 빠진 독에 물을 붓는 것처럼 한없이 부족하게만 느껴졌다. 마치 더 많은 재화가 있다면 어머니를 되살릴 수 있을 것만 같은 미련이 서삼을 붙들었다.

그래도 서삼은 어린아이나 가난해 보이는 사람의 물건은 훔치지 않으리라는 나름의 소신이 있었는데 이상하게 그 스님에게는 무엇에 홀린 듯 다가서게 되었다. 하지만 정신을 차리고 보니 단 한 번도 남에게 잡힌 적이 없던 서삼의 손목이 스님의 손목에 잡혀 있는 것이 아닌가. 스님은 서삼이 놀랄 틈도 없이 그대로 국밥집으로 그를 끌고갔다.

"자네의 혼이 셋이라 딱하다 한 것이네. 얼굴도 못 본 형제의 생을 훔치다니…… 얼마나 고생이 심했는가…… 아미타불……."

순간, 20년 전 어머니의 유언이 서삼의 머리를 스쳐 지나갔다.

"스, 스님. 제게 뭐가 보인단 말입니까?"

서삼이 밥상을 엎을 정도로 놀라며 되묻자 스님 역시 놀란 얼굴로 말을 추슬렀다.

"어허…… 자네는 몰랐던 게로구먼. 괜히 말을 꺼냈나보이."

"스님. 말씀해주십시오."

서삼이 굳은 표정으로 간곡하게 부탁하자 스님이 마지못해 이야기를 꺼냈다.

"말했다시피 자네는 혼을 세 개 가지고 태어났네. 아니, 태어나기 전부터 혼이 세 개였다고 해야 맞겠지…… 그런데 어미의 배 속에서부터 자혼이라는 것이 사달을 낸 것일세."

"그……그런!"

"맞네. 어미 배 속에서 훔칠 것이 무엇이 있겠나. 자네는 형제의 혼을 훔쳐버린 게야. 허…… 통제라…… 나무아미타불……."

자신이 그런 운명으로 태어난 것도 모자라 배 속에서 형제의 목숨까지 훔쳤다니. 엄니는 알고 있었단 말인가. 아니, 분명 알고 있었다. 엄니는 자신에게 단 한 번도 죽은 형제의 이야기를 언급한 적이 없었다. 말하지 못했을 것이다. 서삼 역시 자식이 아닌가. 어머니의 그 눈빛이, 벌레를 보는 듯한 그 슬프고 차가운 눈빛이 이제야 이해가 되었다. 자신의 자식을 죽인 자식……. 이보다 더한 애증의 존재가 있을까.

"업보라는 것은 무엇이겠는가. 결국은 혼이든 넋이든 모두 내 안에 있는 것일세. 인과응보. 자네가 전생에 무슨 죄를 지었는지 혹은 덕을 쌓았는지 모르겠네만 이번 생에라도 그 고리를 끊어내야 하지 않겠는가."

스님은 회한에 잠긴 서삼에게 낮지만 굳은 어조로 말을 이었다.

"내 것이 아닌 것을 탐하지도 않으면서 취하는 것은, 그것의 목적이 욕심이 아니라도 덕을 잃는 일일세. 언제든 때가 되었다고 여기거든 선암사를 찾아오게나. 그럼 난 이만 일어남세. 갈 길이 험하겠구만."

"스님! 법명이라도! 법명이라도 알려주십시오!"

하지만 스님은 서삼의 간곡한 청에도 그저 옅은 미소만 지어 보이고는 떠났다. 선암사에 대해 백방으로 찾아 헤매던 서삼이 선암사를 찾은 것은 그로부터 몇 해가 지난 뒤였다.

10

희령이 지호를 안고 돌아온 것은 산달이 지나고 나서도 한 달이나 지난
후였다. 출산을 하고도 도통 돌아올 생각이 없는 듯한 희령 때문에 진우는
속이 탈 대로 탄 상태였다. 이번에는 정말 잔소리를 해야겠다고 생각했지
만 막상 방긋 웃는 지호의 얼굴을 본 순간 모든 것을 잊어버렸다.

"지호가 아빠를 바로 알아보네요. 한번 안아봐요."

희령은 산후조리원에 들어가면서 거의 매일 자신과 지호의 상황을 알
려주기는 했지만 그녀가 머무는 곳의 위치만큼은 철저하게 비밀에 부쳤다.
산모와 아기의 건강을 위해 외부인의 출입을 제한하는 곳이 있다는 것쯤은
알고 있었지만 위치 정도는 알고 있어도 되는 것 아닌가. 진우는 희령이 자
꾸만 자신에게 무언가를 숨기고 있다는 느낌을 지울 수가 없었다.

"이 교수. 이건 좀 아니지 않나?"

"어허. 자네. 배부른 소리 좀 하지 말게. 거 임산부 옆에서 시중드는 게
얼마나 힘든 줄 아나? 자네는 복 받은 줄 알아."

"아니, 그래도 자기가 무슨 미혼모나 대리모도 아닌데…… 임신 초기 때
도 그러더니 또 말없이 이러면……."

이 교수는 진우의 불만이 도통 이해가 안 된다는 듯한 얼굴이었다. 아마

이 교수 아내가 임신했을 때 쌓인 게 많은 모양이다.

"배부른 소리 그만하고! 명품가방이라든지 다이아몬드 목걸이라든지 뭐라도 하나 꼭 사서 가! 이게 평생 가는 거야! 알았어?"

이 교수의 부러움과 조언을 들은 진우는 희령을 다시 만나는 날 곱게 포장된 목걸이를 그녀에게 건넸다.

"그건 뭐예요?"

"아, 이거. 출산 선물이야…… 이 박사가 꼭 해야 한다네."

"호호. 고마워요. 그런 말은 안 하고 줘야 더 멋진 거예요."

희령이 포장을 뜯는 동안 진우는 누워 있는 지호를 가만히 들여다보았다. 지호는 선한 눈매로 방긋방긋 웃으며 진우를 바라보고 있었다. 정말 아빠를 알아보는 것일까. 발그레한 아이의 볼에 검지 끝을 갖다 대어보며 진우는 아빠가 된 것을 실감했다.

그 후로 5년이 흘렀다. 아이를 키우는 것은 보통 힘든 일이 아니었지만 그럼에도 불구하고 아이가 주는 기쁨은 매우 컸다. 그렇게 제법 단란한 날들이 이어지고 있다고 믿었다. 하지만 그 단란함은 얼마 가지 않아 산산조각나고 말았다.

11

선암사를 찾는 것은 생각보다는 어려운 일이었다. 단순히 스님을 만났던 곳 근처에 있을 것이라 생각했지만 아무리 수소문을 해봐도 선암사라는 절을 아는 사람이 없었다. 그렇게 몇 해를 떠돌이로 살던 서삼이 선암사를 찾은 것은 우연이면서 운명이었다.

"헉, 헉."

훔친 물건을 집에 보관하기에는 들킬 위험이 있었다. 그래서 생각한 것이 근처 산속에 따로 숨기는 방법이었다. 고민하던 서삼은 어린 시절 살던 마을 근처의 학명산을 떠올렸다. 바위산인지라 산세도 험한데다가 호랑이가 출몰한다는 소문까지 나서 사람들이 왕래를 거의 하지 않는 산이었다.

그런 이유로 산에는 소로*조차 제대로 나 있지 않아 다니기 쉽지 않았지만 약관** 때부터 훔친 물건들을 숨기려 자주 드나든 탓에 서삼은 그저 마을 길을 산책하듯 쉬이 다닐 수 있었다. 하지만 지금 서삼이 숨을 몰아쉬며 오르는 산은 익숙한 학명산이 아닌 장흥군 옆에 있는 황엽산이었다.

"저놈 잡아라!"

---

*   매우 좁다란 길.
** 스무 살을 이르는 말.

"저쪽으로 갔당께!"

학명산에 재화를 숨기기로 하고 다시 강진으로 돌아왔을 무렵만 해도 그를 알아보는 이가 없었다. 20년도 더 지난 후였으니 그들의 기억 속에서 서삼과 그의 어미는 지워진 지 오래였던 것이다. 하지만 어딜 가나 튀는 이는 있는 법이었다. 마흔이 다 된 나이에도 갓 스물처럼 보이는 서삼의 외모를 보고 그를 기억한 이가 있었다. 바로 엄니를 협박해 곡식을 뜯어가고 엄니가 곤장을 맞을 때 질이 낮은 말로 서삼을 조롱하던 김 첨지였다.

12

"험험. 두호 있는가."

"아, 예. 어르신. 웬일이십니까."

김 첨지가 야밤에 갑작스레 서삼의 집을 찾았다. 의아함을 느낀 서삼이 매무새를 정돈하고 밖으로 나가보니 김 첨지가 웬 사내 한 명과 서 있었다. 약관이나 지났을까 싶은 그 사내는 표정에 온갖 비열함이 스멀스멀 기어 다니는 것이 딱 봐도 그 아들인 듯싶었다. 곰곰이 생각해보니 그때 즈음 장손을 낳았다며 꽤 엄니를 괴롭혔었다. 입이 늘었으니 더 내놓아야 하지 않겠냐며……. 순간 그때의 기억이 떠올라 치가 떨렸지만 그는 지금 서삼이 아닌 두호였다. 티를 내어서는 안 되었다.

"여기는 우리 집 장손이네. 자네가 장흥군에서 왔다기에 장흥에서 수학하던 아들을 부러 인사시키려 찾아왔지. 자네가 장흥 어디 출신인가?"

"예, 저는 저기 장흥군에 삼두골 출신입니다."

순간 김 첨지가 교활한 눈을 번뜩이더니 아들을 한번 돌아보고는 서삼을 때리듯 한마디 뱉었다.

"삼두골이면, 거기 서삼양반은 안녕하신가?"

순간 서삼은 뜨끔했다. 이미 김 첨지는 알고 있는 것이다. 가명을 쓴 데다가 벌써 20여 년이 지나 서삼의 외양도 많이 변했기에 당연히 못 알아볼 거라 생각한 그의 예상이 어긋난 것이다. 그렇다고 지금 그대로 인정할 수도 없다. 내게 원하는 것이 무엇일까. 서삼의 머릿속이 복잡한 틈을 노려 김 첨지의 아들이 끼어들었다.

"허. 아무리 못 배운 장사치라도 어르신이 오셨는데 이렇게 마당에 세워만 두려는가?"

잔반* 따위가 양반 행세를 하며 어르신이라니, 당치도 않은 소리였지만 이미 정체를 들킨 상황에서는 시키는 대로 하는 수밖에 없었다.

"예예. 누추하지만 이리 드시지요."

"그래. 늦은 시간이네만 내 실례 좀 합세."

머무를 곳이 필요해 마을 외곽에 있는 허름한 폐가를 대충 수리한 터였다. 세간이야 말할 것도 없고 봉창도 얼기설기 한지를 대충 갖다 댔을 뿐 집이라고 하기에는 애매한 공간이었다. 김 첨지처럼 퇴물 양반이나 버선발을 들이지, 제대로 된 양반이라면 애초에 문턱을 넘으려다 헛기침을 뱉을 꼬락서니였다.

방을 들어서던 서삼은 아차 싶었다. 마침 방구석에는 모아둔 재물이 쌓여 있었다. 이것들을 보관하려 내일 학명산에 갈 참이었다. 그런 서삼의 격정을 읽기라도 한 듯 김 첨지의 눈길이 바로 그 보따리에 가 있었다.

"험험. 그래도 손인데 곡차라도 한 잔 없는가?"

"곡차는 따로 없습니다만……."

"어허. 그러면 거 냉수라도 한 사발 떠오게. 목이 칼칼하구먼. 내 긴히 할 이야기가 있으니. 커억."

---

* 몰락한 양반.

김 첨지가 짐짓 가래 낀 기침을 해대자 서삼은 별 수 없이 부엌으로 향했다. 그가 물을 든 사발을 들고 방으로 되돌아왔을 때 김 첨지는 이미 보따리와 함께 사라진 뒤였다. 서삼은 보따리 하나 사라진 것 정도야 크게 개의치 않았다. 애초에 훔친 물건인 만큼 내 물건이 아니라고 생각하면 편했다.

문제는 그 이후에 벌어졌다. 훔쳐간 보따리를 도로 내놓으라고 할까 걱정한 모양인지 김 첨지가 농간을 부린 것이었다. 사라졌던 보따리는 어느새 김 첨지의 가보로 둔갑해 있었고 서삼은 그 귀중한 가보를 훔친 도둑놈이 되어 있었다. 마을에 들어온 지 얼마 안 된 뜨내기보다야 잔반이라도 양반인 김 첨지의 말이 더 설득력이 있는 것은 당연한 일이었다. 며칠이 지난 새벽, 김 첨지의 아들놈이 손에 몽둥이를 들고 마을 사람들과 함께 들이닥쳤다.

13

"빌어먹을."

어느덧 땅거미가 지고 산에는 이른 밤이 찾아오는 소리가 부산히 들렸다. 저 멀리 사람들로 보이는 횃불이 흔들거렸지만 서삼이 있는 산등성이까지 오려면 한참이 걸릴 터였다. 학명산에 빈번하게 다녔던 터라 산을 타는 데 익숙한 덕분에 다행히 잡히지는 않았지만 이제 돌아갈 곳이 없었다.

걸음을 뗄 때마다 쓱쓱 나뭇잎이 온몸을 자를 듯 스쳐 지나갔다. 가을이 한창인지라 잘 말라 가지에 붙어 있는 나뭇잎들은 대놓고 찌르러 나와 있는 가시나무보다 더 공격적이었다. 쫓기느라 빠른 속도로 이동하는 서삼의 손이나 목, 얼굴에는 벌써 얼기설기 생채기가 그어져 있었다.

밤처럼 검게 이끼가 낀 바위에서 떨어져 나간 고목 뒤에 몸을 숨긴 서삼은 숨을 고르며 향방을 고민했다. 산세나 수종들을 살펴보니 아마 지금 있는 곳은 장흥군 옆에 있는 황엽산일 것이다. 마을에서 도망 나와 줄곧 동쪽으로만 달렸으니 분명했다. 이대로 산을 넘으면 장흥군에 도착할 것이다. 장흥군은 서삼이 갔던 지역이 아닌 터라 이대로 가서 자신을 알아보는 이도 없을 테니 생활하는 데 문제는 없을 것이었다.

문제는 어쨌든 재화를 모아둔 학명산이 여기에서 멀다는 것이다. 그렇다고 다 옮겨오기에는 거리도 거리지만 그 양이 혼자 힘으로 밤을 틈타 몰래 가져올 수 없는 양이었다. 서삼이 한숨을 푹 내쉬었다.

"산을 타고 다시 영암으로 가야겠군."

서삼의 머릿속에 장흥군을 비롯해 강진군, 영암군을 포함한 지도가 그려졌다. 지금 있는 곳이 황엽산이라고 치면 아직 정상을 오르기 전이니 서쪽 능선이다. 오늘 밤 정상에 오르지 않고 능선만 따라 북으로 이동하다 보면 보은산 능선을 거쳐서 강진군 북쪽에 있는 나지막한 야산에 숨어 영암군 초입까지는 갈 수 있을 듯했다. 일단 영암군 초입까지만 간다면 학명산에 가는 것은 식은 죽 먹기였다. 그다음에 어디로 갈지는 일단 재화를 좀 챙기고 고민하기로 했다. 우선 묵을 수 있는 거처를 마련하고 의심을 사지 않을 상황만 만들면 대궐은 아니더라도 제대로 된 집 한 채를 사서 정착할 수 있을 것이다. 생각을 마친 서삼은 마지막으로 주변을 한 번 더 살핀 후 자리에서 일어났다.

야밤을 틈타 이동한 거리가 20여 리는 족히 될 듯했다. 아무리 산을 타는 데 능숙한 서삼이라도 야밤에, 그것도 허기진 상태에서 이만한 거리를 이동한 것은 상당한 부담이었다. 어스름 밝아오는 산등성이에서 아스라이 불빛이 보였다. 아마 심마니나 사냥꾼들이 쓰는 산장 같은 것이거나 숯을 만들어 파는 가마꾼의 집일 것이다. 서삼은 허리춤을 뒤적거려 엽전 몇 푼을 만지작거렸다. 저기서 간단히 요기 정도는 가능할 듯도 싶었다. 그는 한 끼 정도 신세를 지려 했던 그 불빛이 바로 선암사일 줄은 꿈에도 모른 채 부지런히 걸음을 옮겼다.

14

"저기, 동현이라고 알아요?"

"동현이……라. 글쎄."

몇 주 전, 희령이 막 퇴근한 진우에게 이야기를 꺼냈다. 동현이라…….
어딘가에서 들어본 것 같기는 하지만 명확하게 떠오르지는 않았다.

"글쎄라뇨. 지호 친구잖아요. 우리 아파트 104동에 사는. 거기 아빠가 저
기 어디더라, 산단에서 재지공장 한다고……."

"아아, 맞아. 기억나네."

유치원에 들어가기까지 육아는 거의 희령에게 일임했다. 아니, 위임 당
했다고 하는 편이 더 정확했다. 희령은 지호의 교육에 대해서는 단 한 걸음
도 진우에게 물러서질 않았다. 진우는 그런 희령의 과도한 교육열이 마뜩
잖았지만 어쩔 수 없었다. 임신 중에 두 번이나 '가출'을 감행할 만큼 강경한
태도를 보이는 희령에게 이의를 표명하기란 어려웠다.

물론 진우가 순순히 물러난 것은 아니었다. '아빠와 아들의 유대감'을 앞
세워 둘만의 시간이 필요함을 어필한 것이다. 그 부분에 대해서는 희령도
고개를 끄덕이지 않을 수 없었다. 그래서 진우는 갖가지 유치원 행사 중에
캠핑이나 야외활동 등 아빠가 주가 되는 행사는 무슨 일이 있어도 빠지지
않고 참석했고 가끔 둘만 낚시를 가거나 캠핑하기도 했다.

아마 작년 캠핑 때 텐트 치는 걸 도와줬던 그 쾌활한 사장님 아들이 동현이었던 것 같다. 지호보다 영특한 맛은 없었지만 훤칠한 것이 제 아빠를 꼭 빼닮았던 기억이 났다.

"그런데 동현이는 왜?"

"동현이가 갑자기 쓰러졌대요. 당신 병원에 입원해 있다던데 신경 좀 써 줘요. 그래도 지호 친군데…… 안쓰러워라."

진우가 지호를 흘끔 쳐다보았다. 지호는 조용히 거실에 앉아 글씨가 빼곡한 책을 들여다보고 있었다. 저번 낚시 때였던가. 분명 지호를 괴롭히는 녀석이 하나 있다고 털어놨었는데. 그게 분명 동현이었다. 그때 텐트 치는 걸 괜히 도와줬다며 지호에게 얼마나 사과했던지. 아무래도 희령은 이 일을 모르는 듯했다.

"뭐, 내가 그쪽 전문도 아니고 담당 의사가 알아서 하겠지."

선뜻 도와준다고 말하기에는 지호가 마음에 걸려 괜스레 한마디 덧붙였다. 은근히 지호가 들었으면 싶은 말이기도 했다. 부모가 자신의 편이라는 걸 알아주었으면 하는 마음에서였다. 그 순간, 그의 생각을 읽기라도 한 듯 지호가 책에서 눈을 떼고는 진우를 슥 바라봤다.

순간 진우는 흠칫했다. 그 눈빛이 너무나 의아해 다시 눈을 맞추려 했지만 이내 지호의 눈길은 책으로 쏟아졌다. 내가 잘못 봤나. 지호의 눈빛은 절대 여섯 살 어린아이의 눈빛이 아니었다. 이미 전장에서 수년을 닳고 닳은 늙은 노병의 그것이었다. 어디 한 구석 상처가 없는 곳이 없는, 하지만 그 어느 상처 하나도 아물지 않은 것이 없는 노련한 전사. 상대를 만나면 절대 눕히지 않고는 지나치지 않을 결의가 보이는 눈빛. 그 눈빛에 대해 의아함은 알 수 없는 우려로 변했다.

15

희령이 주로 책 속의 지식을 지호에게 가르쳤다면 외부 활동은 오로지 진우의 몫이었다. 특히 진우는 지호와 함께 낚시하는 것을 좋아했다. 어린 지호가 하기에 육체적으로 큰 부담이 없을뿐더러 위험도도 낮았기 때문이다. 거기에 더해 영특한 지호와 이런저런 이야기를 여유롭게 나눌 수 있다는 게 즐거움으로 다가왔다.

"오, 우리 지호, 미끼 끼우니?"

"네! 저 잘해요!"

지호가 처음 낚싯바늘에 지렁이를 산 채로 끼워 넣은 것이 다섯 살이 되던 해였을 것이다. 솔직히 진우는 의사가 돼서 그렇지, 해부학 실습을 하기 전에는 산 지렁이를 만지는 것도 싫었는데. 지호는 낚시 두어 번만에 스스로 지렁이를 잡아 낚싯바늘에 잘 끼워 넣었다.

"지호야. 그렇게 세게 잡으면⋯⋯."

지호의 앙증맞은 엄지와 검지 사이에 통통한 지렁이 한 마리가 춤을 추듯 위아래로 흔들거리고 있었다. 지렁이를 잡은 지호의 손가락이 하얗게 변해갈수록 지렁이의 춤이 더 격렬해졌다. 이미 지렁이는 빠져나갈 수 없는 상황임에도 지호는 낚싯바늘을 움직이지 않았다.

지렁이를 지켜보는 지호는 매우 낮게 미소를 짓고 있었다. 마치 진우 몰래 지렁이에게 무언가 속삭이듯 듯한 비밀스러운 미소였다. 고통스럽게 몸 부림치던 지렁이는 일순간 온몸의 경직을 풀고 축 늘어졌다. 그제야 지호 는 낚싯바늘을 가만히 지렁이의 몸에 꿰었다.

진우의 미간이 살짝 찌푸려졌다. 그저 재미있는 것일까. 그럴 수도 있었 다. 아직 너무 어리니까. 지렁이 역시 생명이라는 사실에 대해서 인지하지 못할 수도 있었다. 이번 낚시의 주제는 그걸로 해볼까. 진우는 희령이 절대 못가르칠 것을 가르친다는 비뚤어진 희열을 느끼면서 낚시 의자에 앉았다.

"지호야, 지렁이 끼우는 거 재미있어요?"

"아뇨. 징그러워요. 그래도 아빠랑 낚시하려면 해야 해요."

예상치 못한 답변에 진우가 멈칫했다. 그렇다면 아까 그 미소는 뭔데? 진우는 미처 그 말을 입 밖으로 꺼내지 못하고 지호만 쳐다보았다. 그러자 지호 역시 자신의 답변이 잘못되었냐는 듯 진우를 바라보며 고개를 갸웃거 렸다.

"왜요?"

"아…… 아니야. 낚싯대를 봐야지!"

"앗, 네!"

아마 이날부터였을 것이다. 지호의 행동 하나하나가 진우의 마음에 이 상함의 씨앗을 뿌린 것이. 지호가 지렁이를 꿸 때마다, 잡은 물고기를 손질 하려 내장을 훑어내는 것을 지호가 옆에서 유심히 볼 때마다, 캠핑에서 잡 은 잠자리의 날개를 하나둘 뜯어내는 것을 보면서, 곤충의 구조를 알고 싶 다며 메뚜기의 머리, 가슴, 배를 분리하는 것을 보면서.

아이들의 천진난만함이 얼마나 잔인한 것인지 진우는 알고 있다. 바로

혼

곁에서 엄마가 손가락을 베여도, 눈물 짓고 있어도 태연히 즐겁게 장난감을 갖고 놀 수 있는 게 아이다. 지호라고 다르지 않을 것이다. 또래보다 영특하다고는 해도 고작 여섯 살짜리가 생물이 느끼는 고통이나 죽음에의 공포 같은 것들을 이해하기란 어려운 일일 것이다. 그래, 그렇기에 저런 천진난만한 잔인함이 거리낌 없이 드러나는 거겠지. 자식을 처음 키워보는 그로서는 그렇게 추측할 뿐이었다.

하지만 진우는 확신하지 못했다. 그리고 인간의 모든 공포는 자신이 알지 못하는 그 무엇인가에서 나오게 마련이었다.

16

"김 선생!"

"어, 박사님."

바쁘게 걸음을 옮기던 진우는 복도에서 소아청소년과 김민주 선생을 마주치고는 불현듯 희령의 말이 떠올라 그녀를 황급히 불러 세웠다. 물론 지호를 괴롭힌 아이라고 생각하니 얄밉기도 했지만 그 어린아이가 쓰러졌다니 안쓰러운 마음이 앞섰다.

"혹시 최근에 임동현이라는 입원환자 하나 있지 않아?"

"아, 동현이요! 아는 사이세요?"

민주는 작고 통통한 얼굴에 눈망울이 커서 예쁘장한 얼굴이었지만 어디선가 숨어서 울고 나서 마스카라가 흘러내린 것처럼 눈 밑이 늘 어두워서 쉽게 다가가기가 어려웠다. 하지만 언제나 환한 모습으로 아이들을 대해서 나름 보호자들 사이에서 평이 좋은 편이었다.

"우리 지호 유치원 친구인데 엊그제 와이프가 입원했다고 말해줬거든. 상태는 어때?"

순간 민주의 눈 밑이 더욱 어두워진 듯했다.

"저혈압 쇼크예요. 지금은 어느 정도 안정된 상태고 아마 내일이나 모레면 퇴원할 수 있을 거예요. 그런데…… 최근에 좀 힘이 없어 보였다고 하더라고요. 가끔 검진 받으러 올 때면 정말 명랑한 아이였는데 너무 힘이 빠져서 걱정이에요. 저는 약물검사를 해보려고 했는데 과장님은 그냥 잠깐 그럴 수 있다고…….”

한동안 민주의 이야기가 이어졌다. 그녀는 환자 이야기만 나오면 말이 길어지는 편이었다. 밀린 업무들이 진우의 머릿속을 스쳐 지났지만 어쨌든 부탁하는 처지이다 보니 긴 이야기를 군말 없이 들어줬다.

그녀의 말에 따르면 일단 아이들에게 저혈압 쇼크가 오는 건 흔한 일은 아닌데 그렇다고 아예 없는 일도 아니긴 하단다. 그래도 뭔가 께름칙하여 약물검사를 해보고 싶었는데 담당 과장이 쓸데없는 검사라며 막아버려서 속상하단다.

진우가 소아청소년과 전문의는 아니었지만 그 역시 고작 여섯 살짜리 어린아이에게 저혈압 쇼크가 쉬이 오지 않는다는 것쯤은 알고 있었다. 게다가 저혈압을 기저질환으로 갖고 있었던 게 아닌 이상 갑자기 쇼크 상태까지 발전하는 경우는 드문데……. 그렇다고 담당 과장이 굳이 검사가 필요 없다는데 진우가 나서기도 애매한 상황이었다. 혹여 나중에 기회가 닿아 동현이네 부모를 만나게 되면 다른 병원에서라도 검사 받아보도록 귀띔해 볼까 잠깐 고민하던 진우는 이내 고개를 저었다. 본인 병원에 대한 불신을 심어주는 꼴밖에 아니지 않은가.

며칠 후, 지호의 낚시 가방을 열어본 진우는 자신의 선택이 현명했다는 걸 깨달았다.

17

어스름 해가 떠오르고 있었다. 산 서쪽 등성이인데도 이제 불빛이 있던 집의 처마가 어렴풋이 형태가 보일 수준이었으니 아마 묘시*는 지났을 것이다. 어두울 때는 몰랐는데 불빛이 있는 곳은 산장이 아니라 절간인 듯했다. 스님이 있는 암자라면 딱 이 시간쯤이 아침 공양을 할 때이리라.

서삼은 걸음을 서둘렀다. 사냥에 쫓기는 토끼처럼 잠깐잠깐 눈을 붙인 걸 제외하면 밤새 산길을 걸어 발걸음이 천근만근이었지만 허기를 이길 장사는 없는 법. 밥을 먹을 수 있다는 생각이 그 무엇보다 무거운 서삼의 발걸음을 들어 올렸다.

"험험. 계십니까."

암자는 딱히 절이라기보다는 보통 수행을 닦는 스님들이 혼자, 혹은 수행승 한 명만을 두고 지내는 곳 같았다. 아무리 잘 봐줘야 방 한 칸이 다일 듯 작은 크기였고 딱히 부엌이라 할 만한 곳도 보이질 않았다. 뒤편으로 해우소로 보이는 작은 초가가 있기는 했지만 거의 절반은 허물어져 있었다.

다행히 암자에는 사람의 흔적이 여기저기 보였는데 마당은 방금 싸리비로 낙엽들을 썰어 내버린 듯 잘게 수많은 생채기가 나 있었고 마당 한가운데 심어진 매화나무는 근처에 잡초 하나 없이 잘 돌봐지고 있었다. 아침 공

---

* 오전 5시에서 7시까지를 말한다.

양 즈음인데도 불 피우는 연기가 나지 않는 점은 조금 이상했지만 분명 누구라도 있는 것이 분명했다.

"아무도 안 계시오!"

서삼의 도둑질 실력이면 그저 들어가서 무엇이든 훔치고 나와도 되었지만 밤새 쫓긴 탓에 체력이 많이 소진된 데다가 빈속인지라 혹여 발각되어 다시 쫓기기라도 한다면 도망칠 여력이 없었다. 게다가 이런 초라한 암자에서까지 도둑질을 해먹을 만큼 양심이 없지는 않았다.

"험, 험."

하지만 헛기침을 하도 많이 해서 헛구역질이 날 때까지도 아무런 인기척이 없자 서삼의 허기도 점차 한계에 다다랐다. 양심과 양식 사이에서 고민하던 찰나, 암자 뒤쪽에서 스님이 사부작사부작 걸어 나왔다.

"어허. 자네 아닌가?"

스님을 마주한 서삼의 눈이 둥그래졌다. 한참을 찾아 헤메던 그 스님이 눈앞에 떡하니 산신령처럼 나타난 게 아닌가. 밤새 피곤했던 탓인지 혹은 스님을 보고 놀란 탓인지 다리에 힘이 풀린 서삼은 그만 바닥에 주저앉아버렸다. 스님은 서삼을 황급히 부축하여 암자 안으로 데리고 들어갔다.

"어허. 젊은 사람이 그리 주저앉으면 되나. 앞으로 걸을 길이 아직 멀다네. 보아하니 많이 허기진 모양이로구먼. 절간인지라 자네 먹을 건 마땅치 않겠지만 일단 요기할 거라도 챙겨옴세."

암자는 단출했다. 안에는 방 한 칸뿐이었고 정면에 출입문과 뒤쪽으로 난 봉창을 제외하면 다른 입구는 보이질 않았다. 왼쪽 구석에는 조그마한 좌불이 모셔져 있었는데 양옆으로 놓인 한지 연꽃이 다홍으로 곱게 피어 있었고 봉창 아래로는 자그마한 서랍장이, 그 옆으로는 더 작은 탁자와 그 위에 놓인 호롱불이 놓여 있었다. 이게 세간의 전부인 듯했다.

"자, 일단 이거부터 들게."

잠시 나갔다온 스님이 서삼의 손에 쥐여준 것은 연잎에 쌓인 작은 주먹밥이었다. 허기가 졌던 서삼은 연잎을 벗길 생각도 하지 못하고 통째로 삼키다시피 입에 욱여넣었다. 그 모습이 측은했던지 스님은 혀를 찼다.

"허허. 그러다 체하겠네, 이 사람아. 천천히 드시게. 혼자 있다 보니 공양이 넉넉지는 않아서 미안허이. 일단 그거 먹고 좀 쉬시게. 아무래도 새 입이 생겼으니, 난 발우*를 좀 다녀옴세."

스님은 서삼이 주먹밥을 삼키는 사이 서랍장 위에 가지런히 접혀 있던 이불을 꺼내와 한구석에 깔아주고는 말없이 방을 나섰다. 서삼은 찬 주먹밥이나마 배에 들어가자 온기가 돌기 시작한 육신이 시키는 대로 이불에 쓰러지듯 누워 잠이 들고 말았다.

---

* 스님이 공양할 곡식 등을 불자들로부터 받는 행위.

18

"지호야! 얼른 양치부터 해. 여보, 지호 가방 좀 챙겨줘요."

간만에 오프가 걸려 지호와 낚시를 가기로 한 날이었다. 지호가 유치원에 들어가고 나서는 지호도 나름의 일정이 있는지라 꽤 오랜만에 나서는 낚시였다. 지호도 설레었는지 늦잠을 자는 바람에 평소와 달리 지호의 낚시 가방을 챙기는 건 진우의 몫이 되었다.

진우는 팬트리에서 낚싯대와 미끼 등을 꺼내 가방에 넣으려다가 가방 바닥에 하얀 알갱이 같은 것이 돌아다니는 것을 보고는 꺼내들었다. 처음에는 미끼라든가 야광찌 같은 부속인 줄 알았는데 꺼내놓고 보니 알약이었다. 진우가 미간을 살짝 찌푸렸다. 알약이 지호의 낚시 가방에서 나올 일이 뭐가 있을까. 그리고 갑자기 동현이 떠오른 것은 왜일까.

"여보, 지호 준비 다 됐어요."

"어, 그래요. 나갈게요."

마치 도둑질을 하다가 들킨 사람처럼 부랴부랴 낚시 도구를 대충 가방에 때려박고 쫓기듯 팬트리를 나선 진우의 눈에 낚시 모자를 쓰고 해맑게 웃고 있는 지호가 들어왔다. 해맑은 저 미소 뒤에는 분명 그때 그 노병의 눈빛이 숨겨져 있을 것이다.

진우는 발바닥 가운데서부터 간질거리며 흐물흐물 기어 나오는 뭔지 모를 불길한 예감을 느끼며 가만히 서 있었다. 자신도 모르게 주머니에 넣어버린 그 알약들은 나 좀 보라며, 두 눈을 똑똑히 뜨고 자신을 봐야 한다며 소리 지르고 있는 듯했고 쫓기듯 나와버린 팬트리 안에서는 아직 빠져나오지 못한 진우의 의문이 쿵쾅거리며 심장을 두드리고 있었다.

"왜요? 무슨 일 있어요?"

"어, 아, 아냐. 지호 낚싯대가 좀 낡아서 다시 사야 할 것 같네. 금방 나가서 사올게."

진우는 자신도 모르게 둘러댔다. 아닌 게 아니라, 병원에 가서 대체 무슨 알약인지 확인을 해봐야 할 것 같았다. 혹시나, 만약에 혹시나…….

"그러게, 정리 좀 잘해두라니까. 지호야. 다음부터는 꼭 정리 잘해야 해. 알겠지?"

"네…….”

지호는 낚시가 조금 미뤄진 사실에 실망한 듯 고개를 숙였다. 진우는 다른 의미에서 둘을 바라보지 못하고 고개를 숙인 채 집을 나섰다.

19

"에피네프린, 향정신성 조증 치료제고요. 쿠에티아핀은 보통 대중적 천식 치료제로 쓰이는 약이네요. 왜 그러세요, 김 선생님?"

병원 구내 약국에서 김정진 약사가 약을 다시 건네주며 의아해하는 표정으로 되물었다. 구내 약국은 감옥의 식판 투입구 같은 자그마한 사각형의 공간만을 제외하고는 쇠로 만든 셔터가 쳐져 있었다. 저 안에 든 약들이 인간에게 도움이 된다면 왜 저리도 강력하게 봉인하는 것일까. 잠시 딴생각이 든 진우는 이어지는 정진의 말에 정신을 차렸다.

"보통 조증약이야 처방이 없으면 구하기 힘들어서 상관없기는 한데 이거 혼용하면 저혈압 쇼크 와요. 아는 분이 처방받으신 거예요?"

"아, 아니에요. 다른 분이 드시는 약들인데 한번 알아봐달라고 해서요. 혹시 괜찮은 신약이나 부작용 덜한 약 있어요?"

"어……."

당황해서 대충 둘러댄 질문에도 정진은 새로운 약들과 그에 따른 부작용들, 그리고 보험수가까지 통틀어서 기나긴 설명을 열심히 이어갔다. 듣는 둥 마는 둥한 진우는 정진의 말이 끝나기가 무섭게 손에 하얀 약 두 알을 꽉 쥔 채 황급히 병원을 벗어났다. 오프인데다가 병원에 와서 약국만 들렀다 나가는 걸 누가 보기라도 한다면 괜한 의심을 살 수 있었다.

저혈압 쇼크. 정진의 말이 자꾸 귓가에 맴돌다가 민주의 말과 부딪혀 산산이 부서졌다. 그리고 그 파편들이 자꾸 팽팽하게 부풀어 오른 진우의 불안함을 찔러댔다. 이대로 가다간 터져버릴 것 같았다. 진우는 고개를 세게 저었다.

"어, 여보. 병원에 응급환자가 생겨서…… 미안해요."

"아, 그래요? 지호한테 잘 말할게요. 지호는 이해할 거예요."

"응…… 고마워요."

진우는 이대로 낚시를 갈 기분이 나질 않았다. 아니, 용기가 없었다는 것이 더 정확한 말일 것이다. 희령과 통화를 끝내고 한동안을 멍하니 있던 진우는 무엇인가 결심한 듯 이 교수에게 전화를 걸었다.

이 교수에게 지호의 검사를 부탁한 것은 다름이 아니라 그 약 때문이었다. 그리고 그 약을 본 순간부터 진우의 뇌리를 계속 스쳐 지나가는 그 단어. 설마라는 의심이 점점 부풀어갈수록 함께 커지는 불안감. 그 높이를 모르고 계속해서 떠올라 금방이라도 땅에 곤두박질칠 것만 같은 진우의 불안감을 서서히 연착륙시켜줄 것을 기대했지만 이 교수가 밝혀낸 것은 지호가 천재라는 사실뿐이었다.

지호가 예사롭지 않다는 것은 이미 알고 있는 사실이었다. 희령에게 여러 차례 이야기를 듣기도 했거니와, 희령의 교육 수준을 보자면 천재까진 아니더라도 제 나이 또래보다 꽤 다양한 지식을 갖고 있을 게 분명했다. 하지만……. 이것은 지식의 문제가 아니다. 진우가 알고 싶었던 것은 지호가 얼마나 똑똑한지가 아니라 '괜찮은지'였다.

20

    이 박사에게 검사 결과를 듣고 나자 진우는 자신이 직접 확인하는 수밖에 없겠다고 다짐했다. 낚시터에 도착해서 낚싯대를 드리웠을 때는 이미 저수지 너머로 해가 넘어가고 있었다. 오랜만의 낚시임에도 지호는 신난 기미가 보이질 않았다. 단순히 입질이 없는 것만이 이유는 아닌 듯했다. 그리고 진우 역시 낚싯대의 흔들림을 바라볼 여유가 없었다. 사락사락 소리를 내는 갈댓잎들이 자꾸 진우에게 말을 꺼내라고 그의 마음을 흔들고 있었다.

    "지호야. 아빠에게 솔직할 수 있니?"

    지호는 말이 없었다. 여섯 살짜리 어린아이로 대하겠다는 생각은 이미 버린 지 오래였다. 본인의 우려와 이 박사의 검사 결과에 더해, 그 검사 이후 은근히 자신을 피하는 지호를 보면서 자신이 지호를 동등한 인격체로 대해야만 진솔한 대화가 가능할 것 같다는 생각이 들었기 때문이었다.

    그렇다고 바로 진우의 속내를 드러내는 것도 위험했다. 혹시나 정말로 그저 천재일 뿐인 거라면 진우의 오해가 오히려 지호를 어긋나게 해버릴 수도 있기 때문이었다. 아무리 천재라고 하더라도 이제 여섯 살, 사회적 경험이 부족한 지호에게 괜히 누명을 씌우려는 듯한 인상을 줘서는 안 된다. 게다가 아빠로서는 더더욱.

    "동현이가 아팠다던데, 지호도 알고 있지?"

    "네. 알아요. 후……."

여섯 살짜리 입에서 나오는 한숨치고는 꽤 깊었다. 지호의 한숨에 화답하듯 초가을치고는 꽤 시원한 바람이 다가와 진우의 얼굴을 훑었다. 그런데도 아직은 바람에 녹아 있는 여름의 잔열 때문인지 혹은 긴장한 탓인지 진우의 관자놀이를 타고 땀 한 방울이 서서히, 지호의 다음 말을 기다리듯 흘러내렸다.

금방 다음 말을 꺼낼 것 같았던 지호는 말없이 어두워져 가는 저수지를 바라보고만 있었다. 동글동글한 머리가 마치 대접을 덮어놓은 듯 귀엽기만 했다. 내가 무슨 생각을 하는 거지. 진우가 후회의 한숨을 내쉬려는 순간, 지호가 말을 이었다.

"하지만 아빠. 동현이가 죽은 건 아니잖아요."

내쉬려는 한숨이 소스라친 들숨과 만났다. 사레가 들려 한참 기침을 하던 진우는 명치에서 올라온 신물을 조금 게워내고 놀란 눈으로 지호를 쳐다보았다.

21

왜 그런 욕지기가 났는지 진우는 알 수 없었다. 겨우 여섯 살 난 자기 아들이 저지른 일 때문은 아니었다. 어쩌면 진우가 우려했던 일이 사실로 드러나면서 극도의 불안감과 공포를 느꼈기 때문이었을까.

"아빠. 제가 예전에 이야기했었잖아요. 동현이가 저를 괴롭혔다고요. 하지만 아빠는 제 고민을 들어주기는커녕 동현이가 편히 잠잘 수 있도록 텐트 치는 걸 도와주기까지 했었죠. 저는 제가 할 수 있는 걸 한 것뿐이에요."

"지호야, 그건……."

순간 진우는 말문이 탁 막혔다. 평소의 동글동글 귀여운 지호의 모습은 그대로인데 앙증맞은 입술에서 뱉어지는 말은 지호의 것이 아닌 것만 같았다. 지호가 천재라던 이 박사의 말이 갑작스레 혹 뒤통수를 때렸다.

다만 여섯 살의 것이라고 하기엔 지나치게 무겁고 진지한 눈빛부터 어른스러운 말투까지, 지금 지호는 그저 천재라거나 영특한 수준을 넘어선 듯 보였다. 이런 모습은 이 박사도 상상조차 못했을 것이다. 그렇다는 것은 평소 지호의 말투나 모습마저 연기였다는 것일까. 한편으로는 지호가 본 모습을 드러내는 것이 진우를 믿는다는 방증 같아서 마음이 놓이면서도 막상 지호의 실체를 들여다보려고 하니 두려움이 앞섰다.

이를 아는지 모르는지 지호는 낮게 가라앉은 목소리로 다시금 입을 열었다.

"그날 아빠가 텐트를 쳐준 게 고마워서라도 저를 괴롭히는 걸 그만했어야죠. 그래서 저는 방어를 한 것뿐이라고요."

"하지만 지호야, 동현이는 아직 어리고…….'

진우는 속으로 아차 싶었다. 의도하지 않았지만 또다시 동현이의 편을 들어버린 것이다. 진우는 그때 봤던 그 노병의 눈빛이 자신을 바라보는 걸 느끼면서 후회했다. 그리고 지호의 대답은 그런 진우를 다그쳤다.

"아빠. 저도 어리잖아요."

"지호야, 그런 뜻이 아니라."

"알아요. 제가 동현이랑 나이는 같지만 수준이 다르다는 말이잖아요. 하지만 동현이가 저보다 더 크고 힘이 세죠. 그래서 '저와 같은 상태'로 만들어준 것뿐이에요."

진우는 겨우 정신을 차리고는 자세를 고쳐 앉았다. 논리적으로 지호의 말은 틀린 것이 없었다. 심지어 진우가 일순간 반박할 수 없을 정도로 타당했다. 하지만 무엇인가 콕 집어 설명할 수는 없지만 잘못되었다. 뭔가 다르다. 아니, 틀렸다. 진우는 지호를 지금 바로잡아야만 한다고 확신했다.

"그래, 지호야. 아빠가 지켜주지 못한 건 미안해. 하지만 그런 약물로 누군가를 다치게 하면 그 후유증이 얼마나 심각한데. 나중에 동현이도 나이를 더 먹고 너와 같은 정도의 수준이 되면 분명 자신이 한 짓을 후회하고 반성하게 됐을 거야."

어느덧 해가 완전히 저수지 너머로 잠겨버리고 낚시터 곳곳에 주황색 달이 둥둥 떠다녔다. 지호의 등 뒤에서 빛나는 가로등 때문에 진우는 지호의 표정을 살피기가 힘들었다.

"네…… 나중에 후회는 했겠죠. 반성은 모르겠지만."

이제 어둠이 내려앉은 저수지에서 슬금슬금 물안개가 피어오르기 시작했다. 진우는 방금 지호가 본인의 의견에 동조한 것인지 혹은 아빠라는 사람의 이야기에 대해 존중해준 것인지 의문이 들었지만 당장은 너무 몰아붙이지 않기로 결심했다. 앞으로 더 긴 시간이 필요할 것이다. 괜히 짧은 시간 내에 결단을 내리려고 하면 사달이 날 수도 있다. 급하다고 생쌀이 밥이 되진 않는다.

"그래, 지호야. 네 마음은 잘 알았어. 아빠랑은 앞으로도 쭉 이렇게 이야기해줬으면 좋겠어. 그렇게 해줄 수 있지?"

"네, 그럴게요."

지호는 순순히 고개를 끄덕였다. 아직은 통통하게 솟아오른 볼이 코를 많이 가렸고 희령을 닮아 기다란 속눈썹에는 어느새 물안개가 맺혀 있었다.

그런데 과연 지호는 무슨 수로 그 약을 구해서, 도대체 무슨 수로 동현에게 먹인 것일까. 아이들에게는 다디단 딸기맛 약을 먹이는 것도 쉬운 일이 아니다. 하물며 동갑내기, 그것도 자신이 괴롭히는 작은 아이가 먹이는 약을 순순히 받아먹었을 리 만무하다.

"동현이는 제 요구르트를 잘 뺏어 먹어요."

서늘한 밤기운 때문인지, 마치 생각을 꿰뚫은 듯한 지호의 말 때문인지 진우의 온몸에 소름이 돋았다.

"천식약 구하는 건 생각보다 쉬워요. 기침을 이틀만 연속으로 해도 엄마는 병원에 데려가거든요. 청진기를 댈 때 숨을 절반을 내쉬면서 동시에 들이마시면 기관지에서 대류라는 게 발생해요. 그 소리는 얼핏 천식 증상과 비슷해요. 그러면 일단 초기 천식약은 처방해주거든요. 어차피 죽일 의도는 없으니까 그 정도면 충분해요."

진우는 묻지 않아도 술술 대답을 이어가는 지호의 이야기를 잠자코 듣고만 있었다. 단순히 방법론적인 궁금증 때문은 아니었다. 지호의 이야기 속에서 조금이라도, 약간이라도 죄책감 혹은 동정의 감정이 묻어 나오길 기대하고 있었다.

"우울증약은…… 아빠는 모르는 걸로 해주세요. 엄마는 꽤 오래 약을 먹고 있었어요. 그 약을 조금 썼어요. 엄마에게는 조금 미안하지만요."

"그래……."

진우는 이을 말을 잊었다. 약의 복합 복용에 따른 부작용인 무기력증이나 저혈압 쇼크 같은 부분은 어떻게든 검색해서 알아냈든지 책에서 봤을 것이다. 지호의 대화 수준을 보면 그 정도는 별로 대단한 일도 아닐 것이다. 심지어 구하기 어려운 우울증약은 그저 엄마의 약을 훔쳐 쓴 것일 뿐이니 어찌 보면 엄청 치밀하고 교활한 짓을 꾸민 것도 아니었다. 진우가 집중한 것은 어쨌든 엄마에게는 조금 '미안하다'라는 말이었다.

"그냥 요구르트에 성인 정량의 반의 반 정도만 타서 주면 됐어요. 그 뒤로는 아빠가 아시는 것과 같아요. 이제 한동안은 저를 괴롭히진 못할 거예요. 물론 입원하기 전부터 괴롭히지 못했지만요."

그 말을 끝으로 지호는 마치 언제 이야기를 하기라도 했느냐는 듯 아무 움직임이 없는 낚싯대만 쳐다보고 있었다. 그런 지호를 바라보는 진우의 눈에도 물안개가 짙게 피어올랐다.

22

선암사는 그냥 사람들한테 물어서 찾을 수 있는 절이 아니었다. 애초에 절 모양을 갖추지도, 그렇다고 불자들이 왕래하는 곳도 아니니 누군들 쉽게 알 리가 만무했다.

처음 며칠간은 스님이 애초에 자신이 이곳을 못 찾기를 바란 것이 아닌 가 의심했다. 하지만 또 그렇게 생각하기에는 그 새벽, 한눈에 서삼을 알아 보고 이제 그의 끼니까지 해결하기 위해 험한 산길을 헤쳐가며 사흘이 멀다 하고 발우를 다니며 고생하는 것을 보면 스님도 자신을 기다린 것이 아닌가 하는 생각이 들 정도였다.

선암사에 온 이후로 서삼은 아침이면 일어나서 마당을 쓸고 공양을 하 고 법문을 외우고 참선을 하고 스님의 말씀을 듣는 나날을 보냈다. 그런 고 요한 삶이 주는 위안이 그를 부드럽게 감싸주었다. 늘 도둑질로 연명하는 삶이다 보니 마음에는 늘 불안이 웅크리고 있을 수밖에 없었다. 또 한 곳에 정착하지 못한 서삼은 항상 어딘가 뿌리내릴 곳을 갈망했었다. 암자에서는 그 무엇도 훔칠 필요가 없었으니 —훔칠 것도 없었고— 당연히 불안함도 없 었다.

하지만 서삼이 선암사를 찾아 헤맨 이유는 따로 있었다. 한 번을 제대로 받지 못한 어미의 정. 그 이유를 알고 싶었다. 혼이라는 뭔지 모를 것 때문 에 도둑질을 타고났다는 말이나, 그래서 배 속의 형제를 자신이 죽였다는 말이 무슨 뜻인지 알고 싶었다. 본인도 모르는 사이에 지어버린 죄. 비록 알지 못하는 죄라도 엄니의 사랑을 받지 못한 합당한 이유가 있어야만 그래도 덜 비참할 것 같았다.

"스님. 그때 그 이야길 다시 한번만 소상히 해주십시오."

저녁 참선이 끝나고 스님 앞에 가지런히 무릎을 꿇은 서삼은 머리를 조아리며 간곡히 청했다. 벌써 암자에서 지낸 지도 두 달이 넘었다. 굳이 입으로 말해주지 않아도 조용히 참선하며 법문을 외우다 보면 저절로 알게 될 것이라 달래었지만 더는 그의 인내심이 참아낼 수 없었다.

"어허…… 더는 아니 되겠는가?"

스님은 마치 공든 탑을 무너뜨리는 석공처럼, 잘 구워낸 자기에서 흠집을 발견한 도공처럼 낮게 쯧 혀를 차며 자세를 곧추세웠다. 방 안에 호롱불이 밝히는 얇은 불빛으로 사르라니 덮이고 붉게 홍조를 띤 불상은 엄한 표정으로 고개 숙인 서삼을 내려다보고 있었다.

"내 법명은 일영이었네. 한 일一, 그림자 영影. 내 자네에게 그때 법명을 알려주지 못한 것은 다름이 아니라 파계승*이기 때문일세."

"아니, 스님께서 파계승이라니요."

서삼은 놀란 기색으로 되물었다. 두 달여 동안 옆에서 본 스님은 누구보다 법문을 열심히 공부하고 참선에 참선을 거듭했다. 문외한인 서삼이 보더라도 강한 불심이 느껴질 정도였다. 그런데 파계승이라니. 스님께서 무슨 계율을 어겼단 말인가.

"모두가 업보 아니겠는가. 나무아미타불…… 한 마을에 무녀의 아들로

---

* 계율을 어겨 법가에서 쫓겨난 스님.

태어난 개똥이라는 아이가 있었네. 무녀는 피치 못할 사정으로 아이를 낳게 되었지만 아이의 삶이 평탄치 못할 것을 걱정하여 길가에 발에 치이는 개똥처럼 어딜 가든 잘 살기를 바라면서 이름도 개똥이라 지었다네."

서삼은 일영을 바라봤다. 하지만 이미 과거로 떠나버린 듯, 일영의 눈길은 저 멀리 가 있었다. 무덤덤하게 이야기하고 있었지만 일영의 승포가 잔잔히 떨리고 있었다.

"그러나 피는 못 속이는 것인지 개똥이는 신기神氣를 타고났지. 불과 몇 년 전 불심도 탄압을 못 이겨 다들 산중으로 들어왔네만 무당이, 그것도 박수무당의 자리는 적어도 이 조선에는 없었네. 결국 무녀는 자기 자식을 직접 출가시켰다네."

일영이 목을 가다듬고는 다시 입을 열었다.

"하지만 출가한다고 하여 육도윤회六度輪回*를 벗어날 수 있겠는가. 법문에 들어 법명까지 받았음에도 일영의 눈에 자꾸 영들이 띄었고 그런 영을 볼 때마다 지나치지 못하고 참견을 하게 되었다네. 물론 개똥이는 좋은 일을 했다고 여겼네. 육신을 떠난 영들이 지상에 남아 있어서야 전생轉生을 못하지 않겠나. 허나 호법승護法僧**들의 생각은 달랐지."

"하지만 그것은 오히려 불법을 지키는 것 아닙니까!"

겨우 두 달이었지만 스님과 함께 날마다 법문을 읽은 서삼도 쉽게 이해할 수 있었다. 전생의 업을 현생에 갚는 윤회. 그렇게 자신을 갈고닦아 결국은 육도윤회를 끝내고 해탈하는 것이 바로 성불하는 길 아닌가. 하지만 어

떤 사유로든 이승에서 헤매는 영이 있다면 절대 성불할 수가 없다.

"허허. 자네는 절대 출가할 생각은 말게. 금방 파계 당하겠구만."

일영은 너털웃음을 짓고는 서삼을 바라보았다. 그 어느 때보다 자애로운 눈빛이었다.

"이승에서 전생을 멈추고 영으로 떠도는 것 역시 업보이고 전생을 위한 준비일세. 영으로 떠돌고 떠돌다 보면 깨달음을 얻게 되고 성불하는 것이지. 물론 개똥이도 그런 사실은 알고 있었다네. 개똥이가 그걸 몰라서 그랬겠는가. 그저 영들이 안쓰러워서, 혹은 눈에 보이는 그 영들이 마음 아픈 자신의 과거를, 자신을 버린 어미를 떠올리게 하니 치워버리고 싶었던 게지. 통제라…… 나무아미타불……."

일영은 그 말을 끝으로 몸을 돌려 불상 앞에 자세를 가지런히 정돈했다. 출가 전의 이야기를 늘어놓은 자기 모습에 부족함을 느낀 탓일까. 아니면 이번에도 역시 파계의 원인이 된 그 일을 다시 하려 하는 자신의 과오를 비는 것일까.

"이미 알겠지만 그 개똥이가 바로 속세의 나였네. 일영이라는 법명 역시 불심과 신기 둘 중 하나만을 받들기를 바랐던 스승님이 직접 지어주신 것이지. 하지만 어쩌겠나. 이리 태어난 것도 결국은 업보이니. 내 다음 생에 또 갚아야지. 허허허."

서삼은 그저 자신의 과거를 알고 싶은 것뿐이었다. 하지만 그것이 스님에게 해가 되는 일이라면……. 순간 서삼은 질문을 그냥 거둘까 고민했다. 이미 모두 지난 일이다. 이제 와 자혼이라는 놈에 대해 알게 된다고 해도 엄니는 돌아가셨고 다시 돌아오지 않는다. 굳이 자신을 이리 따뜻하게 대해준 스님에게 해가 되는 부탁을 할 이유가 없는 것이었다.

"스님. 그렇다면 그냥 제 이야기는……."

"아니네. 내가 뿌린 씨앗이니 내가 거둬야지. 애초에 내가 말을 꺼내지만 않았어도 자네가 이 산중까지 도망쳐왔겠나. 출가는 못하더라도 이번 기회에 불심을 갈고 닦아 덕을 쌓아보도록 하세. 그래야 내세에라도 전생을 마치고 성불할 것 아닌가. 허허허."

서삼의 말을 자른 일영은 다시 뒤돌아 앉으며 소탈하게 웃었다.

23

　그 뒤로 진우는 지호에게 최대한 많은 시간을 할애했다. 그 외의 시간에는 각종 해외논문이나 의학서적을 탐독했다. 이 박사에게 묻는 게 더 좋았겠지만 지호의 검사 결과를 비밀로 해달라고 신신당부한 상황에서 그런 주제에 대해 자꾸 묻는 건 자칫 의심을 살 수 있어 조심스러웠다. 다만 가끔 자료를 요청하기는 했는데 겉보기에는 천재에 관련된 여러 논문이었지만 실질적으론 정신과적 문제가 발생했거나 의심되는 사례들에 대한 것들이었다.

　"여보, 또 낚시예요? 지호 공부할 시간도 부족한데……."

　"이미 충분하지 않아요? 그리고 가끔 머리도 식혀줘야 공부가 더 잘 되는 거예요. 그렇지, 지호야?"

　"네!"

　진우는 지호의 머리를 쓰다듬었다. 지호는 머리만 영특한 것이 아니라 연기력도 뛰어났다. 지호는 아내와 있을 때는 여전히 높고 짧게 떨어지는 간결하고 귀여운 어투를 잘 썼지만 진우와 있을 때는 그날 밤 그때처럼 여섯 살이라고는 믿기지 않을 만큼 이성적인 모습을 보였다. 벌써 몇 차례나 보아온 모습이었지만 쉬이 익숙해지지는 않았다.

　낚시나 캠핑을 하러 갈 때마다 희령이 잔소리를 하기는 했지만 그저 말로 한두 차례 핀잔을 줄 뿐, 적극적으로 반대한 적은 없었다. 어쩔 때는 단 둘이 놀러 가는 것에 대한 질투로 느껴지기도 했다.

"지호야. 네 생각은 어떨지 궁금하구나."

"흠…… 저는 괜찮다고 생각해요. 학교에 간다고 해서 친구를 만들 것 같지도 않고요. 하지만 엄마가……."

"그 문제는 내가 어떻게든 해볼게. 그래서 말인데 혹시……."

진우가 말을 주저하자 지호가 먼저 대답했다.

"네. 알았어요. 처음 발병보다야 재발이 훨씬 간단하죠."

지호와 대화는 하면 할수록 흥미롭고 즐거웠다. 가끔은 자신이 이 시간을 더 기다리고 있는 건 아닌가 하는 생각도 들었다. 이것이 천재의 수준이라는 것일까.

그런데 대화하면 할수록 지호에게 무언가가 약간 빠져 있는 듯한 느낌을 지울 수가 없었다. 그래서 고민에 고민을 더해 결정한 것이 한적한 시골에서 재택교육을 하는 것이었다. 이 박사가 권유한 뒤로 계속해서 고민해오던 것이긴 했지만 지호와 시간을 가질수록 더욱 확신이 생겼다. 어차피이 박사의 말마따나 학교에 다니더라도 지호가 배울만한 것은 없을 것이다. 오히려 주변 아이들이 멀리하기라도 하면 괴로워할 수도 있다.

게다가 또다시 피해자가 발생할 수도 있다는 걱정도 앞섰다. 이를테면 동현이 같은. 또래 아이들이 거의 없는 시골이라면 그런 걱정은 한시름 덜어도 좋을 것이다. 최소한 여섯 살짜리 아이에게 쉬이 피해를 볼 어른은 없을 테니까. 또 시골에서라면 확실히 자신도 지금보다 한가해지므로 희령이 집중하는 지식 교육 외에 다른 교육을 할 수 있을 거라는 생각도 있었다.

하지만 역시 가장 큰 난관은 지호의 교육에 과도한 열을 올리고 있는 희령이었다. 학원, 개인지도, 뛰어난 강사, 과외 선생님들……. 이 모든 것을 포기하고 학교도 없는 시골로 이사를 하는 것을 쉬이 찬성할 리가 없는 것이다.

물론 이번에는 진우도 순순히 져줄 생각이 없긴 했지만 그래도 희령이 고개를 끄덕일 수밖에 없는 강력한 이유가 필요했다. 가장 효과적인 건 역시 지호를 이유 삼는 것이었다. 지호의 천식을 핑계로 공기 좋은 시골에 가서 지내자고 설득해볼 요량이었다. 여기까지 순전히 진우의 고민이었다. 그런데 지호는 벌써 눈치를 챈 것이다.

"그래, 지호야. 고마워."

운을 떼어놓고도 결국은 지호에게 거짓말을 시키는 꼴이라 망설였지만 당장은 이사를 하는 것이 더 급선무였다.

24

"이것은 파계승이 하는 잡소리이니 그리 알고 듣게나. 이것은 내가 출가하기 전에 알던 이야기라네."

일영이 조금 전 자애로웠던 분위기는 싹 지우고 자세를 곧추세웠다. 서삼도 덩달아 자세를 바로하며 그런 일영을 지긋이 바라보았다. 처음 장터에서 만났을 때와 비교해도 크게 달라지지 않은 모습이었다. 여전히 눈은 깊고 맑아 약간 푸른빛마저 보이는 듯했고 높게 솟은 매부리코는 고집스럽게 느껴졌다. 하얀 수염은 조금 길었는지 가슴팍을 찌를 듯 흔들거렸다.

"사람은 세상에 나며 천지신명께 두 개의 혼을 타고 난다네. 천신께서는 머리에 그 혼을 주어 명석함과 지혜로움을 베푸시고 지신께서 가슴에 혼을 심어 이해심과 자애로움을 선사하신다네. 그러나 마귀들이 가끔 그러한 천지신명의 안배를 빼앗거나 깨트려 혼란스럽게 한다네."

서삼은 처음 듣는 이야기에 조용히 귀를 기울였다. 이 이야기가 바로 내 기구한 삶의 비밀을 풀어줄 것인가. 목이 바짝 말랐다.

"그리하여 어떤 이는 빼어난 머리로 남을 파탄에 이르게만 할 뿐이고 어떤 이는 비록 빼어난 지식을 갖추지 못하였으되 사람들을 이롭게 하여 생불이 되기도 한다네."

"하지만 스님. 저는 혼이 세 개라 하시지 않으셨습니까."

"맞네. 마귀들이 단순히 혼을 훔치는 짓만 하는 것이 아닐세. 그들은 가끔 짐승의 혼을 심어 인간을 인간답지 못하게 만들기도 한다네. 자네의 경우에는 바로 자혼*을 타고나게 된 것이지. 이런 자혼은 사람의 손에 깃들어 자꾸 남의 재물을 훔치고 손대게 하여 끝내는 자신도, 타인도 모두 불행하게 만들어버린다네."

서삼은 자신의 손을 물끄러미 내려다보았다. 그가 도둑질을 할 때면 마치 자석에 달라붙는 쇠붙이처럼 물건들이 자연스레 자신에게 왔다. 훔쳤다는 표현보다 이런 표현이 정확할 것이다. 그래서인지 도둑질 하나는 천부적으로 타고났다고 스스로 생각했었다. 도둑질 외에는 달리 먹고 살길이 없던 서삼에게는 이 능력이 마치 신이 주신 선물 같았다.

"쥐는 누구보다 재빠르고 똑똑하지만 항상 훔쳐 먹는 짐승이네. 소는 힘이 세고 고집이 세지만 게으르지. 호랑이는 용맹하고 강하지만 남을 해친다네. 토끼는 재빠르고 영특하지만 이득이 되는 곳에만 붙어 이간질을 일삼지. 이렇게 갖가지 짐승의 혼으로 마귀들이 장난을 친다네."

일영은 잠시 숨을 돌렸다.

"마귀들이 장난을 친 자들은 처음에는 타고난 자기 능력을 마치 선물처럼 생각한다네. 그리하여 자꾸 그쪽으로만 기대게 되지. 그리하면 결국엔 자신을 스스로 부수고 만다네."

서삼은 속으로 한 생각이 들킨 듯 깜짝 놀랐다.

"쥐는 훔쳐 먹고 역병을 퍼뜨리지. 주변에서 자꾸 훔치다 보면 주변 사람들은 가난하게 되고 힘들어져 정을 잃게 되네. 잃어버린 물건을 서로 훔쳐

---

* 쥐의 혼.

혼

갔다며 의심하고 다투게 되지. 소는 힘이 세어 여러 가지 일을 할 수 있지만 게을러 일을 잘 하지 않아 주변 사람들의 비난을 많이 받는다네. 호랑이는 자네가 예상하다시피 무술에 능한 자가 많지만 결국은 그 포악함으로 산적이 되거나 살인자가 되는 일이 허다하지."

"그럼 저는 어떻게 해야 합니까, 스님."

고향마을에서 겪었던 일이 떠오른 서삼은 눈물을 삼켰다. 단 한 번도 마을 사람의 물건에 손을 대지 않았음에도 그들이 서삼을 보는 눈은 곱지 않았다. 심지어 10여 년 만에 돌아간 마을에서도 김 첨지의 한마디 때문에 도둑으로 몰려 쫓겨나지 않았는가. 서삼의 가슴에서 울분과 함께 슬픔이 치솟았다.

"마귀가 심은 혼은 천지신명께서 주신 것이 아니기에 인간의 노력으로도 충분히 꺼버릴 수 있네. 내 그때 자네에게 때가 되면 찾아오라 이른 것은 다름이 아니라 본인의 깨달음과 노력이 있어야 가능하기 때문이라네."

어차피 재물이라면 사치를 부리지 않는 한 혼자 살아갈 만큼은 모아두었다. 언제까지 떠돌이로 살 수도 없는 상황이었다. 그래, 이제 도둑질은 그만두어야겠다. 서삼이 결연한 얼굴로 자세를 고쳐 앉았다.

"제가 어떻게 하면 되는 것입니까."

"허허. 따로 무언가 하려고 할 필요는 없다네. 지금 하는 대로 나와 함께 조금 더 지내보게나. 지금까지 아무것도 훔치지 않고 잘하고 있지 않은가? 허허허."

서삼은 황당한 표정을 지우지 못했다. 물론 지난 두 달 동안 무언가 훔친 적이 없기는 했지만 그것은 여기에 따로 훔칠 물건도 없고 훔칠 대상도 없기 때문이었지, 자신이 무언가를 깨닫거나 바뀌었기 때문이 아니었다. 그런 표정을 읽은 것인지 일영이 말을 이었다.

"자네, 파계승이라서 좋은 점이 무엇이 있는 줄 아는가?"

"예?"

뜬금없는 일영의 말에 서삼이 혼란스러워하는 사이, 일영은 갑작스레 마당으로 나가더니 작은 보따리를 하나 가지고 들어왔다. 그리고는 방구석에 놓여 있던 반상을 끌어당기더니 상 위에 보따리를 천천히 풀어헤쳤다. 보따리 속에는 호리병 두 개와 나무로 깎은 듯 거친 대접 두 개, 그리고 부꾸미가 몇 개 들어 있었다.

"일단 한잔 드시게나. 이제부터는 아마 맨정신에 듣기는 그리 수월하지 않을 게야."

잔을 권하는 일영의 눈가에 얼핏 자그마한 물방울이 맺힌 듯했다. 주거니 받거니 하다 보니 어느새 한 병이 다 비워졌다. 서삼은 원래 술을 거의 마시지 않는데다가 일영의 이야기로 내내 긴장했던 탓인지 술기운이 금세 올랐다.

"자네가 훔친 동생의 혼 말이네."

서삼은 그나마 올랐던 취기가 싹 가시는 것을 느꼈다.

25

"어머, 마침 저도 그 이야기하려던 참이에요."

"아니. 그러니까…… 어?"

진우는 희령의 예상치 못한 반응에 당황했다. 벌써 희령이 반박할 수 없을만한 수많은 이유와 근거를 생각해둔 상태였다. 심지어 지호에게 천식 연기까지 부탁해 만반의 준비를 마쳐 두었는데, 모두 헛수고였다. 애초에 필요가 없었다. 설득을 위한 그 어떤 무엇도.

희령은 이미 자신이 임신 초기와 산달에 가서 요양했던 마을에 집 한 채를 마련해 인테리어를 맡겨두었다는 소식으로 진우의 뒤통수를 때렸다. 인테리어 완공이 코앞인 상황이라 지호가 다니는 유치원에도 다음 달까지만 다니겠노라 통보까지 마쳐둔 상태라는 말도 덧붙였다. 이게 끝이 아니었다. 나중에 지호가 초등학교에 입학해야 하는 나이가 되면 그때 역시 재택 교육을 하겠다며 그에 따른 신청서를 교육청에 제출하기까지 했단다. 아직 허가가 난 것은 아니지만.

"아니, 언제부터 그렇게 준비한 거예요?"

진우는 허탈함을 채 지우지 못한 목소리로 물었다. 여지껏 지호와 관련된 대부분의 결정을 혼자 해왔던 희령이긴 했지만 그래도 이런 큰 결정을 할 때는 조금은 상의를 해주면 좋았을 텐데……. 임신 때부터 너무 져주기만 한 것일까. 물론 결과적으로는 진우의 뜻대로 이루어진 것이니 이만한 호재도 없다. 그렇지만 마음 한 구석이 영 찜찜했다.

"그렇게 오래된 건 아니지만 지호를 가르치다 보니 굳이 학교를 보낼 이유가 없더라고요. 당신도 요즘 지호랑 많이 이야기해봐서 느끼지 않아요?"

그건 그렇다. 지호는 진우와 동등한 대화가 가능할 정도다. 아니, 어쩌면 그 이상일지도. 하지만 마음이 상한 진우는 순순히 희령의 말에 고개를 끄덕이고 싶지는 않았다.

"아무리 그래도 그렇죠. 그래도 학교에서 배울 것이 있고 친구들과 뛰놀고 하는 것들이 사회성 함양이나 이런 부분에서는……."

어차피 희령이 자기 말을 들을 것도 아니고, 그저 다음부터 무언가 결정할 때는 자신과 상의를 하든지 최소한 미리 의견이라도 물었으면 좋겠다는 것이 진우의 생각이었다.

"그럼, 다 취소해요?"

시골로 가야만 이유를 조목조목 들어가며 반박할 거라고 생각했던 것과 달리 희령은 예상외로 자신의 의견을 꺾어버렸다. 아니. 이런 걸 원한 것은 아니다. 진우는 다급히 말했다.

"아니. 그런 건 아니고…… 나한테도 미리 이야기해주면 좋잖아요……."

희령이 빙긋 웃으며 진우의 어깨를 쓰다듬었다. 진우의 의기소침함이 귀여웠던 것일까. 물론 그의 다급한 속마음은 아마 모를 것이다.

"알겠어요. 이제 지호도 많이 컸으니까 이제 셋이 함께 의논해서 정하도록 할게요."

그렇게 이사는 진우가 걱정했던 것에 비해서 너무 쉽게 결정이 났다. 아니, 이미 결정이 나 있었다. 예상 밖의 전개에 얼떨떨함을 느끼던 진우는 지금 준비가 안 된 것이 오직 자신뿐이라는 사실을 깨닫고는 황급히 집을 나섰다. 의사가 없는 건 아니지만 그래도 본인이 비울 자리에 인력을 대체할 여유는 줘야 했는데.

완연한 가을, 그렇게 이사가 결정된 것이 한 달 전이었다.

26

일영은 목이 마른 듯 탁주를 한 잔 더 들이켜고는 술기운을 뱉듯 한숨을 길게 내쉬었다.

"내가 자네를 보자마자 눈에 띈 것은 강렬한 태양 같은 두 개의 지혼이었네. 물론 장수하는 이들 중에는 생력을 타고나 지혼이 조금 강한 사람들도 있기는 하네만 자네처럼 지혼을 두 개 갖고 있는 예는 없었지. 게다가 자네에게 깃들어 있는 어린 영혼, 자네가 악귀가 아닌 이상 그런 어린 영혼이 몸에 깃들 일은 거의 없다네."

일영은 비어 있는 잔을 다시 채우고는 서삼의 잔에도 가득 따라주었다.

"자네의 손에 깃들어버린 자혼과 두 개의 지혼. 그것은 결국 자네가 누군가의 지혼을 훔쳤다는 것이고 그 혼이 갓난아이인 것의 것이라는 걸 미루어 볼 때 나는 자네가 배 속에서 형제의 혼을 훔친 것으로 여긴 것이네."

일영의 입에서 나온 말은 실로 놀라웠다. 서삼은 감히 숨도 내쉬지 못한 채로 그에게 더욱 바짝 다가가 앉았다.

"앞서 말한 마귀라는 것이 실체가 있다고는 못하겠네. 흔히 마魔가 낀다고 하는 일들이 있듯이 이를 종용하는 어떠한 존재가 있지 않겠냐고 추측할 뿐이라네. 실제 마귀를 잡는다는 호법승조차도 실제 마귀를 본 자는 없지. 하지만 확실한 것은 사람이 사람답게 살지 못하게 하는 어떠한 힘이 존재한다는 것이고 그것이 자네에게 깃들었다는 것일세."

혼

어느덧 밤이 깊어 산새 소리조차 들리지 않는 고요한 암자에 삭아가는 호롱불만이 이리저리 불빛을 흩뿌리고 있었고 그 불빛을 따라 일영과 서삼의 그림자만이 조용히 흔들리고 있었다. 그러나 서삼의 머릿속은 암자를 송두리째 뽑아버릴 만한 폭풍이 휘몰아치고 있었다.

"자네, 나이에 비해 어려 보인다는 말을 많이 듣지 않았는가?"

그랬다. 서삼은 어려서부터 남들보다 덩치도 작거니와 얼굴도 어려 보여서 열 살 남짓한 때에도 여서일곱으로 보였었다. 그 덕에 도둑질하는 데 여러모로 덕을 봤었다. 하지만 그것은 그저 제대로 먹질 못해 발육이 늦은 걸로만 생각했는데…….

"그것은 자네가 훔친 동생의 지혼을 서서히 흡수하고 있기 때문이라네. 지혼은 자애로움뿐만 아니라 사람의 생력 역시 관할하네. 자네의 생력은 우리가 흔히 장수한다는 사람들보다도 강력하다네. 두 명분의 수명을 갖고 태어난 게야. 그리하여 자네의 동생은 세상에 나기 전에 생을 다 한 것이라네. 자네가 만약 천혼을 훔쳤다면 동생은 몸뚱이만 있는 빈껍데기로 태어났을 것이네…….""

아무런 죄도 없는 내 형제를, 내가 죽이고 태어난 것이다. 거기다가 동생 몫의 수명까지 훔친 덕에 오래오래 장수할 운명이라니. 내내 안개에 휩싸여 있는 듯했던 잔인한 진실이 서서히 모습을 드러내자 서삼의 안에서 무언가 뜨거운 울분이 치솟아 올랐다. 왜 하필 나란 말인가! 왜! 내가 무엇을 잘못했기에 내게 이런 짓을 한단 말인가! 왜!

가슴부터 뜨거워진 속에 식었던 술기운이 다시 오르며 서삼은 참을 수 없는 욕지기를 느끼고는 넘어질 듯 암자를 뛰쳐나와 마당에 엎드려서 속에 든 것을 게워내기 시작했다.

"욱, 우욱……어……으어어어어!"

새마저 울지 않는 깊은 산중의 밤. 서삼의 울부짖음이 어둠을 뚫고 사방으로 달려 나갔다. 그런 서삼을 내다보는 일영은 그저 빈 탁주잔을 다시 채우고 비우기를 반복했다.

어느덧 어스름 동이 터오고 늦가을 차가운 마당에서 올라온 냉기에 팔다리가 굳어버린 서삼을 일영이 부둥켜안듯 부축하여 다시 암자로 들어왔다. 넋이 나간 듯 온몸에 힘이 들어가질 않았지만 그의 눈빛만큼은 밤안개처럼 차갑게 내려앉아 있었다.

"나무아미타불…… 통제라…….."

일영은 비어버린 탁주 병을 들었다가 이내 내려놓았다.

"제가 어찌하면 되겠습니까."

두 번째. 서삼이 어떻게 하면 좋을지 물은 두 번째 질문이었다. 첫 번째 질문에서는 궁금증이 더 컸다면 이번 질문에서는 단호함이 짙어졌다.

"말했듯이 지혼은 생력의 근원이기도 하지만 자애로운 마음의 본질이기도 하네. 자네의 본 심성이 그르지 않은데다가 지혼이 강해지면서 다행히 자혼을 어느 정도는 억제해준 모양이야. 그런데도 자네의 도둑질은 오래되어 많이 굳어진 면도 없지는 않네."

서삼은 뚫어질 듯 일영을 바라보며 이를 악물었다. 이가 으스러질 듯했지만 그렇게라도 하지 않으면 다시 욕지기가 올라올 것만 같았다.

"혼은 쓸수록 강해지네. 자애는 베풀수록 더욱 따뜻해지고 영민함은 사용할수록 더욱 총명해지지. 자혼 역시 마찬가지네. 자네가 암자에 든 뒤로 겨우 두 달이지만 자네의 투심*이 많이 약해져 있다는 걸 느낄 수 있네."

서삼도 일영의 말에 동의했다. 물론 암자에 훔칠 것이 거의 없기도 했지만 그런 것은 차치하고 그 어떤 것도 훔치고 싶은 마음이 일지를 않았다. 게다가 학명산에 모아둔 재물들을 떠올려도 그 어떤 욕심도 생기지 않았다. 그 재화가 다 무슨 소용인가 싶었다.

"이렇게 날마다 법문을 공부하고 참선을 통해 자네 자신을 갈고닦으면 된다네. 특히나 자네는 지혼이 강한 사람일세. 본성이 자애롭고 선한 사람이 마귀의 혼에 물들 이유가 없어. 알겠는가?"

"예, 스님!"

서삼의 대답이 힘차게 암자에 울려 퍼졌다. 이제 해가 완전히 떠서 암자까지 밝히고 있었다. 해가 떠서인지 서삼의 외침에 놀라서인지 온갖 산새들이 지저귀기 시작했다.

그렇게 2년 남짓의 시간이 흘렀다. 가끔 일영은 발우공양에서 엽전이나 작은 노리개 같은 것들을 얻어와서는 그를 시험에 들게 하기도 했으나 서삼은 단 한 번도 투심에 지질 않았다. 그렇게 일영도, 서삼도 그의 투심을, 자혼을 없애가고 있다고 생각했었다. 그날까지는.

---

* 도둑질하려는 마음.

27

"그래, 김 박사. 잘 생각했어. 지호는 어때?"

진우가 퇴사 의사를 밝히자 여기저기에서 탄성과 한탄과 비난이 터져 나왔다. 물론 비난은 대부분 진우의 뒤통수에 터뜨렸지만. 갑자기 퇴사를 통보하다니. 원장을 비롯한 담당 과장이나 동료 의사들 역시 의아함과 동시에 진우의 빈자리를 대체할 방법에 골머리를 썩일 것이었다. 전문의를 그냥 새벽 인력시장 미장이 구하듯 구해올 수는 없는 노릇이었으니.

"그래도 자네는 욕을 안 하는군…… 허…….."

이 박사는 그저 지호의 소식에만 귀를 쫑긋 세웠다. 대학 때부터 인연이 몇 년인데. 진우는 마치 오랜 친구가 새 친구랑 더 친한 것 같은 기분이 들어 묘한 질투를 느꼈다.

"지호야 잘 지내지. 지호도 일단 재택학습에 대해서 긍정적이야. 자네 말마따나 학교에 가도 자기가 배울만한 건 없을 것 같다고 생각하는 것 같고. 나랑 와이프 생각에도 우리가 집에서 가르치는 편이 더 나을 것 같아. 친구들과 어울리는 것도 좋기는 하지만…….."

잘못했다간 친구들이 병원 신세를 지게 되니까 말이지. 진우는 뒷말은 삼켰다.

"그래. 잘 결정한 거야. 자네가 받아 갔던 논문들, 자네도 물론 봤겠지만

혼

천재들에게 가장 위험한 건 자아가 형성되기 전에 부정적인 상황에 맞닥뜨리는 거야. 거기서 잘못된 성격을 형성해버리면 이상한 쪽으로 엇나가기 시작하는데 일반인들은 그걸 바로 잡아줄 수가 없어. 부모라도 말이지."

그래, 알아. 그래서 급히 떠나는 거라네, 이 친구야. 진우는 또 말을 삼켰다.

"보통의 아이와 반대지. 보통은 어렸을 때 부모가 방향을 잡아주고 자아 형성에 도움을 줘야 하지. 몸이 커버리면 말을 안 듣거든. 그런데 천재들은 달라. 어렸을 때 최대한 스스로 학습을 통해서 최소한의 사회화와 자아를 형성하고 나면 그 뒤에 어른들이 잡아주는 것이 가능하다네. 명심하게."

"어어. 알았네. 나도 논문 많이 봤네."

"어허. 이 친구가. 그래도 내가 전문가 아닌가 말이야. 허허. 그리고 내가 최초 진단자이기도 하고 말일세. 혹시나 가서 문제가 있거나…… 아니지, 문제가 있으면 안 되지. 혹여나 궁금한 게 있거나 필요한 논문 있으면 연락하게. 언제든 보내줄 테니. 그나저나 어디로 간다는 거야?"

그게 진우도 궁금한 부분이었다. 아직 어디로 간다는 말을 듣지 못했다. 애초에 희령의 고향이라든가, 친척이 산다든가 하는 이야기를 들어본 적이 없었다. 어쨌든 현재로서는 희령이 이사를 동의해준 것이 더 중요했기에 그 문제는 차차 생각하기로 했다.

28

서삼의 나이도 이제 마흔 중반을 넘어서고 있었다. 한창나이는 이미 지났으나 일영의 말처럼 지혼의 영향인지 아직도 겉보기에는 이십 대처럼 보였고 오히려 십여 년 전보다 체력이 더 좋아졌다. 일영을 대신해 암자 옆에 작은 오두막을 짓는 일도 일주일 만에 너끈하게 해낼 정도였다.

서삼과 달리 일영은 날이 갈수록 노쇠해갔다. 사실 처음 만났을 때부터도 노승의 모습이었는데 벌써 20년 가까이 흘렀으니 당연한 일이었다. 하지만 급격히 건강이 악화한 것은 여름쯤. 서삼이 암자에 온 지가 2년이 되기 조금 전이었다.

언제나 청명하게 빛나던 눈동자가 어느 순간 옅은 회색빛이 돌기 시작했다. 윤기가 돌던 흰 수염도 윤기를 잃고 점점 듬성듬성해졌다. 그렇다고 거동이 불편한 것은 아니었지만 늘 서삼을 주도하던 모습은 보기 힘들었다. 법문을 읽는 시간이면 늘 법문을 꿰뚫어 보는 듯했던 눈빛은 어느새 허공을 맴돌고 있었고 참선 시간이면 주비로 서삼을 깨우던 일영이 되레 조는 경우도 생겼다.

서삼에게는 걱정이 하나 더 있었다. 건강이 좋지 않은 일영 대신 발우공양을 다니는 동안 여전히 다른 이들의 물건이 마치 안경이라는 물건을 쓴 것처럼 눈에 절로 들어오고 손이 절로 움직인다는 것이었다. 그나마 다행인 것은 아직 단 한 번도 도둑질하지 않았다는 것뿐이었다.

혼

"서삼아. 가서 전서구를 데려오거라."

어느 날 아침, 일영은 서삼에게 전서구를 데려오라 시키고는 낡은 반상에 앉아 서신을 쓰기 시작했다. 서삼은 무슨 내용인지 알 수 없었으나 오랜만에 반듯하게 붓끝을 향한 일영의 눈빛이 좋아 보였다.

서삼이 전서구를 데려오는 동안 얇은 한지에 서신을 모두 적은 일영은 서신을 곱게 접어 전서구 통에 넣고는 마당에 버선발로 나섰다.

"나무아미타불……."

낮은 목소리로 염불을 왼 일영은 전서구를 날리고는 서삼에게 들어오라 손짓하며 암자로 들어섰다.

"잘 듣게."

정말 오랜만에 들어보는 청량한 일영의 목소리에 서삼은 반색하면서도 반존대에 조금 의아한 표정을 지었다. 정식으로 문하로 든 것은 아니지만 참선을 함께하기로 한 그날 밤부터 쭉 하대를 해왔던 일영이었다.

"인간의 연은 전생과 후생 윤회의 고리 속에서 돌고 돌아 서로 부딪히고 스치고 지나치며 그렇게 이어져 있네. 자네와 나의 연이 어찌하여 이리 닿아 또 언제고 다시 닿을지는 모르겠으나, 내 이번 생에 많은 혼령을 달랜 것이 불법에 안 맞는다고 하여 단생하지는 않을 것이니 다음 인연이 있다면 반드시 그때도 만날 수 있도록 바람세. 옴마니반메홈……."

"스……스님! 무슨 말씀입니까?"

갑작스러운 작별 인사에 서삼은 소스라치듯 놀랐다. 근 반년을 병환으로 힘들어하시더니 갑자기 노망이 난 것이 아닐까. 경박한 생각마저 들었다. 아직 자신을 완벽히 다스리지도 못하는데……. 이대로 속세로 쫓겨난다면 이내 다시 투심이 일고 말 것이다. 발우공양을 나간 잠깐을 참는 것도 힘든데……

"아무래도 입적'할 때가 온 것 같다네. 저 서신은 한때 같은 스승님 밑에서 동문수학한 일심에게 보내는 것이라네."

입적이라니. 청천벽력 같은 소리였다.

"내 자네 이야기도 잘 적어두었네. 일심이 자네를 어찌 받아들일지…… 원체 곧은 사람이라 걱정스럽기도 하네. 자네가 잘 생각하게나. 굳이 늙은 육신을 치우느라 고생할 이유는 없다네. 자네도 이제 스스로 참선할 수 있는 수준이 되었으니 내 가르침을 명심하고 스스로 자신이 없을 때는 속세로 나서지 말도록 하게나."

말을 마친 일영은 서신을 쓰는 데 진력을 쏟아부은 듯 기다시피하며 힘겹게 서랍으로 몸을 옮겼다. 맨 아래 서랍을 연 일영은 법복 밑에서 작은 보따리를 하나 꺼냈다.

"이 돈으로 한동안 노자를 하게. 그래도 겨울은 나고 봄에 뿌릴 씨앗 정도는 살 수 있을게야. 부디 자신의 힘을 믿고 따라서 자혼을 몰아내길 바라네. 나무아미타불……"

말을 마친 일영은 합장하고는 할 말을 다 했다는 듯 몸을 돌려 불상을 마주 보고 명상에 들었다. 몇 마디 더 말을 걸려던 시심은 조용히 물러났다.

"스님, 저녁 공양 시간입니다."

저녁 공양 시간이 되어서야 암자 앞으로 간 서삼은 스님을 몇 차례 불렀

---

* 승려가 죽는 것.

지만 침묵만이 이어지자 하는 수 없이 발길을 돌렸다.

오두막으로 돌아간 서삼은 평소 하던 대로 참선에 들려고 노력했지만 마음이 복잡해서인지 제대로 집중이 되질 않았다. 모든 게 너무 갑작스러웠다. 언젠가는 홀로서기를 해야겠지만 적어도 이렇게는 아니었다. 그동안의 은혜가 있는데 어찌 입적을 앞둔 스님을 두고 떠날 수 있단 말인가. 서삼은 억지를 써서라도 스님의 가시는 길을 제 손으로 돌보기로 마음먹었다.

이런저런 생각을 하던 서삼은 자신도 모르게 깜빡 잠이 들었다. 깨어보니 벌써 새벽이었다. 부랴부랴 아침 공양을 준비한 서삼은 이번에는 아예 밥상을 차려서 암자 앞에 섰다.

"스님, 아침 공양 준비됐습니다. 들어가겠습니다."

당차게 문지방을 넘던 서삼의 발이 순간 굳어버렸다. 호롱불은 다 타버렸는지 꺼져 있었고 방문 사이로 들이친 햇살만이 일영의 뒷모습을 비추고 있었다.

"스……스님……?"

무언가 심상치 않음을 느끼고 다리가 풀린 서삼은 반상마저 떨어뜨리고는 자리에 주저앉아버렸다. 사기그릇이 요란하게 뒹굴며 깨지고 멀건 시래깃국이 승복에 튀어도 일영은 요지부동이었다. 분명 좌선하신 그대로 입적하신 것이 분명했다. 서삼의 눈물이 터져 나왔다.

"스님……."

하염없이 작고 왜소한 일영의 등을 보며 엎드려 한참을 울던 서삼이 정신을 차린 것은 정오가 가까워진 때였다. 스님을 모셔야겠다는 생각은 했지만 어떻게 해야 할지를 몰랐다. 단순히 스님들은 화장한다는 것 외에는 아는 바가 없는 것이었다.

"이를 어쩐담……."

잠시 스님의 등을 멍하니 바라보던 서삼은 우선 그 굽은 등을 곱게 눕혀 드려야겠다고 생각했다. 평생을 좌선하고 사셨는데 가시는 길마저 앉아서 가시다니. 서삼의 눈가가 다시 뿌예졌다.

이부자리를 깔고 나서 일영을 뉘려 어깨에 손을 얹는 순간, 뭔가 기이한 느낌에 흠칫 놀란 서삼이 손을 번개와 같이 떼어냈다.

아는 느낌이다! 평생 서삼을 따라다니던 그것이다. 마치 내 것이라는 듯이, 원래부터 내 물건이라는 듯이 내 손에 붙어오던 물건들. 평생을 훔치던 서삼의 손에 익숙한 그것. 남의 물건에 손을 대었을 때 느껴지는 그 서늘한 느낌. 그것이었다. 투심을 잃고 잠들어 있던 자혼이 깨어난 것이다.

29

일심은 제자 다섯과 함께 선암사를 찾았다. 위치는 알고 있었지만 단 한 번도 찾은 적이 없던 곳이었다. 스승님의 말씀처럼 측은지심을 조금만 버렸더라면 파계 당하는 일까지는 없었을 터였다. 이처럼 선하고 불심이 깊은 승려가 업보로 전생하지 못하는 혼령을 쫓느라 파계 당하다니……. 안타까운 만큼 미운 마음이 돋아났다.

그러나 부처님의 자애로움 같은 그 마음을 모르는 것 역시 아니기에 일심은 마지막 일영의 서신을 받자마자 바로 달려왔다. 서신 내용을 보니 수행자를 하나 두고 있는 듯했지만 정식 승려도 아닌데다가 정식 승려라고 하더라도 혼자서 다비식[*]을 할 수 있을 리가 만무했다. 그리하여 제자 다섯을 데리고 온 것인데……. 어디에도 그 수행자는 보이질 않았다.

"너희들은 어서 다비식 준비를 하거라. 난 법구^{**}를 살피겠다."

일심의 제자들이 하나둘 메고 온 지게에서 물건을 내리기 시작했다. 다섯 지게 모두에는 성인 가슴팍만한 얇은 바위가 있었고 그 위로 제각기 다른 물건이 얹어져 있었다. 그중 하나가 가져온 항아리를 마당 한구석에 내려놓고는 삽을 들고 다른 제자 하나와 함께 마당에 열 십 자 모양의 구덩이

---

*   승려의 화장의식.
**   입적한 승려의 시신.

를 파기 시작했다. 나머지 세 제자도 서둘러 지게에서 숯과 나무 장작을 내리고는 구덩이를 파는 일을 도왔다.

"아니!"

암자에 들어선 일심은 방에 널브러져 있는 반상과 깨어진 그릇들에 흠칫했다가 불상 앞에 모로 누워 있는 일영을 보고는 소스라치게 놀랐다.

"이, 이런 불경한……!"

일심은 일갈하고는 서둘러 일영의 몸을 바로 뉘였다. 다행히 법구에 상해는 없어 보였다. 그러나 입적하는 승려의 법구가 모로 누워 있을 이유가 없었다. 이는 누군가 사후에 법구를 건드린 것이 분명했다. 일영이 보냈던 서신에 적혀 있던 그 수행자라는 놈의 소행이 분명했다.

하지만 의아함도 들었다. 일영이 쓴 서신에는 분명 수행자에게 떠나라고 말할 것이며 굳이 남아 있다고 치더라도 굳이 일심이 데려가지 않아도 좋다고 했다. 어쨌든 일심이 왔을 때 그 수행자는 보이질 않았으니 떠난 것이 분명한데, 왜 법구에 손을 댄단 말인가.

"스님. 준비되었습니다."

일심은 준비가 되었다는 말에 상념을 끊고 제자를 불러 법구를 마당으로 옮겼다. 다비식을 위한 준비는 마무리되어 있었고 먼저 불러놓은 석공이 어느새 마당 한구석에서 합장하고 있었다. 사리가 나오면 바로 이곳에 모실 생각이었다. 마음 같아서는 본산으로 모시고 싶었지만 파계승 신분인 일영의 사리를 모셔갔다간 괜히 또 분란만 일으킬 것이 뻔했다. 그러나 그런 일심의 걱정은 그저 기우에 불과했다.

　한 달이라는 시간은 쏜살처럼 지나갔다. 진우로서는 사전에 어떤 언급
도 없었던 일이니 당연히 정신이 없을 만도 했다. 병원을 관두는 것이야 사
표를 던져버려도 상관없는 일이지만 이 바닥도 그렇게 호락호락하지는 않
았다. 언제든 지호가 안정되면 다시 돌아와야 하는데 괜히 미운털이 박힐
필요는 없었다. 그렇게 한 명, 두 명 일일이 찾아가 인사를 하는 것부터가
고역이었다.

　"이럴 줄 알았으면 그냥 개원이나 일찍 준비할 걸 그랬어."

　진우는 마음에도 없는 한탄을 늘어놓았다. 마음 한구석에야 당연히 그
동안 고마웠던 분들에게 급작스레 떠나게 된 사연을 설명하고 석별의 정을
나누는 것이 옳다고 생각하고 있기도 했지만, 당장 이사 준비도 해야 하는
데 모두 희령에게 떠맡기고 있다 보니 마음이 영 불편했다.

　"허허. 자네는 개원은 못한다니까 그러네. 그런 성격, 머리로는 가망도
없어요. 사기꾼은 못되더라도 약장수는 돼야 먹고 산다니까."

　이 박사가 두 손에 들고 있던 냉커피를 건네며 핀잔을 주었다.

　"곧 있으면 겨울인데 무슨 냉커피야."

　"응. 자네 열 좀 식히라고."

　이 박사가 가만히 진우의 옆에 앉으며 중얼거리듯 대답했다.

"그래, 고마워……."

진우는 손에 들린 냉커피를 홀끔 보고는 한숨에 들이켰다.

지호와 이야기를 나눈 뒤 시골로 가는 것을 결정한 것은 분명 진우 본인이건만 현재 상황이 돌아가는 꼴을 보자면 그것이 아니었다. 마치 임신 때 홀연히 떠나버렸던 것처럼 모두가 희령의 마음대로 진행되고 있는 것이었다. 여전히 어디로 이사를 하는지도 모르는 상태였다. 아는 거라곤 저기 강진군 근처라는 것뿐이었다.

"제수씨가…… 좀 강단이 있구먼. 허……."

진우에게 이야기를 전해들은 이 박사도 약간은 놀란 기색이었다. 그도 그저 강단으로 치부하기엔 좀 과하다는 생각은 하고 있었지만 그렇다고 진우에게 그런 말을 해봤자 도움이 될 것은 없을 듯해 입을 꾹 다물었다. 이제 그들 부부의 삶에 가장 강력한 끈이자 희망인 지호를 잘 돌보는 것만이 방법이었다.

"내가 아마 병원 일에 너무 치여서 살았었나 봐. 이제 지호나 와이프에게 좀 더 집중해보려고."

"그래. 좋은 생각이야. 지호가 보통 아이가 아니니까. 분명 다음 세대를 이끌어갈 인재가 될 거라고! 허허허."

이 박사는 분위기를 바꾸려는지 짐짓 크게 웃으며 진우의 등을 탁탁 두드렸다.

"그나저나 자네 앞으로 어떻게 할 건가? 정말 개원이라도 할 셈이야?"

진우도 그 부분이 걱정이었다. 어쨌든 시골이라도 생활을 하려면 어느 정도 돈이 필요하기 마련인데, 당장 병원을 관두면 소득이 전혀 없는 상태이니…….

"모르겠어. 와이프는 일단 걱정은 말라고 하는데……."

"제수씨, 재테크에도 일가견이 있는 모양이군. 부럽네……."

이 박사는 지호가 천재라는 이야기를 할 때보다 조금 더 부러운 눈길로 진우를 바라봤다.

"그럼 뭐가 걱정인가! 가서 지호나 잘 키우라고! 앞으로 제2의 에디슨이 될지 누가 알겠나! 허허허."

이 박사는 다시 한번 크게 웃으며 진우의 등을 탁탁 두드렸다.

어차피 현재로서는 이사를 하는 것이 최선이고 그 외에는 희령이 모두 준비해둔 상태다. 이것저것 걱정할 것 없이 희령의 계획에 따라도 문제가 없을 것이다. 진우는 그렇게 의뭉스러운 마음을 접고 자리에서 일어났다.

31

다비식이 진행되는 동안 일심은 암자 안에 일영의 유품들을 챙기고는 가만히 앉아 참선에 들었다. 같은 스승의 휘하에서 함께 수련한 시간이 적지 않았음에 속세의 정을 버린 승려의 몸이나 늘 일영의 모습이 아른거리듯 그리웠다. 원체 심성이 바르고 고와 그런 실수를 저지른 것이지, 파계까지는 심하다고 여기고 있던 그였다.

그때 다급한 목소리가 들려왔다.

"스……스님! 일심 스님!"

"웬 소란이냐. 다비식 중에 큰소리라니!"

"그……그러하오나…… 명당수*가…….."

다비식이 끝나고 나면 자연스레 육신이 소멸하고 명당수 안에 사리가 남게 되어 있었다. 사리는 평생을 참된 수행을 갈고 닦은 스님의 육신에서 나오는 것으로 설리라設利羅 혹은 신골神骨이라고도 했다. 그런 명당수에 무슨 사달이 났단 말인가.

"명당수가 어떻다는 말이더냐!"

일심의 목소리가 더욱 높아졌다.

---

* 스님의 사리를 온전히 모시기 위해 가운데 묻는 항아리.

혼

엄밀히 파계 당한 일영의 다비식을 진행하는 것도, 스승님의 유지를 받들어 위험을 무릅쓰고 하는 일이었다. 파계승의 다비식을 거행하는 것은 엄연히 불가에서는 금기시되는 일인 것이다. 다만, 스승님께서는 일영의 지극한 불심을 알고 있었기에 가는 길에 파계를 막지 못한 미안함과 스승으로서 최소한의 애정을 알려주고 싶었을 것이다.

일심 역시 처음에는 반대하였으나 일영의 불심과 고된 수행을 알고 있었기에 여기까지 온 것이었다. 내심 일영의 사리를 보여주고 나면 호법계에서도 이에 대해 크게 문제 삼지 않으리라는 계산도 있었다.

"사…… 사리가 없…… 없습니다…….."

"그게 무슨 말도 안 되는!"

그러한데 사리가 없다니! 일심은 서둘러 암자를 뛰쳐나와 명당수가 담긴 항아리를 들여다봤다. 항아리는 다비식의 열기를 아직 머금어 옆에 음각된 연꽃 모양을 따라 옅게 김이 피어오르고 있었고 제자가 열어둔 한지 역시 뜨거운 한숨을 내쉬고 있었다. 그러나 명당수가 모두 증발하여 사라졌는데도 남아 있어야 할 사리는 정말로 없었다.

"파계 당한 이한테 무슨 사리란 말인가. 그렇지 않은가?"

"닥쳐라!"

한 제자가 낮게 속삭이는 소리를 들은 일심이 일갈을 내뱉었다. 이럴 리가 없었다. 일영은 탈계를 저질러서 파계된 것이 아니었다. 오히려 그렇게 선암사를 떠난 뒤에 속세를 떠돌며 선행을 베풀며 이 암자에 자리를 잡은 뒤에는 오로지 법문 공부와 참선으로 평생을 보냈다. 그러한 일영에게 사리가 나오지 않는다면 부처가 살아 돌아와서 다비식을 하지 않는 한, 사리가 나올 스님은 조선팔도에는 없을 것이다.

"이게 무슨……."

"스님! 손을 데이십니다!"

충격에 빠진 일심은 뜨거운 것도 잊고 항아리 입구를 두 손으로 짚고는 고개를 절레절레 내저었다. 이럴 리가 없다. 아니, 이럴 수가 없다.

순간, 일심의 머릿속에 무언가가 번뜩 스쳐 지나갔다. 서신에 적혀 있던 수행자. 암자에서 혼자 생활하는 경우는 흔치 않았다. 하다못해 동자승이라도 들이는 것이 보통인데 아무래도 파계승인 일영의 입장에서는 녹록지 않았으리라. 대신 불공을 드리려는 신자를 하나 들인 것이라 여겼는데……. 이제야 일영의 서신에서 대수롭지 않게 보아 넘긴 그 내용이 떠오른 것이다.

손이 벌겋게 익기 직전에서야 제자들이 일심의 손을 항아리에서 떼어냈다. 지금 일심은 손바닥이 뜨거운 것도 느끼지 못할 지경이었다. 출가한 뒤 처음으로 느껴보는 뜨거운 분노가 가슴에 들끓고 있었다.

"도……도둑……! 도둑맞았다! 사리를! 사리를 도둑맞았단 말이다! 내 이놈을…… 이놈을!"

알 수 없는 괴성을 내지른 일심은 이내 혼절했다. 일심의 말을 이해할 수 없었던 제자들은 당황해 우왕좌왕했다. 그들은 그저 외부로 말이 흘러나가지 않기를 바라며 다급히 일영의 유골을 수습하기 시작했다. 아끼는 동문, 그것도 파계승의 다비식을 굳이 거행했음에도 사리가 나오지 않아 잠시 정신을 놓은 모양이라며 안타까워할 뿐이었다.

탑도 올리지 않고 돈을 받은 석공만이 이러한 소란에도 아랑곳하지 않고 만족스러운 미소를 짓고 있었다.

32

2년 전 그때처럼 서삼은 무작정 달렸다. 그때와 다른 점이라면 누군가에게 쫓겨서 달리는 것이 아니라는 것이었다. 아니, 다른 누군가가 아니었다. 서삼은 본인 스스로에게서 도망치고 있었다. 하지만 자신을 자신에게서 떼어낼 수는 없었고 따돌릴 수도 없었다. 서삼은 서삼에게 끈질기게도 달라붙어 밤새도록 함께 달렸다.

서삼은 그저 일영을 뉘려 했을 뿐이었다. 하지만 그의 손이 닿은 일영의 어깨에서, 아니 그의 손에서 혹은 그 둘 사이에 익숙하면서도 낯선 무언가가 끈적하게 흘러나왔다. 서삼은 화들짝 놀라 손을 뗐다.

"어……?"

처음에는 그저 울음에 찬 자신의 눈가에 흐려진 스님의 법포가 그리 보이는 것으로 생각했다. 스님은 마치 동장군처럼 보였다. 마치 하얀 눈이 살짝 뒤덮은 듯 혹은, 겨울에 살얼음이 붙듯 포근한 것에 둘러싸여 있었다. 이상한 것은 모든 중력이 마치 일영의 안으로 향하는 것처럼 그 눈 같은 것이 등에도, 옆구리에도, 어깨에도 모두 하얗게 덮여 있는 것이었다.

당연한 말이었지만 그게 눈이 아니라는 것을 깨달은 것은 놀라서 뗀 손에 마치 거미줄이 엉겨 붙은 듯 그 하얀 무엇인가가 들러붙어 떨어지지 않았기 때문이었다. 그것은 마치 오뉴월 녹은 엿가락이 한지에 들러붙듯 서삼의 손바닥에 붙어서 떨어지지 않았다.

기분 나쁜 느낌은 아니었다. 조금 서늘해 상쾌하면서도 포근하고도 부드러운 느낌이었다. 그것의 정체가 무엇인지 알 수는 없었으나 긴 세월 동안 도둑질을 해왔던 그가 태어나 처음으로 갖고 싶다는 마음이 드는 것이었다.

"아……안 돼!"

퍼뜩, 서삼은 이것이 투심이라는 것을, 다시 그 빌어먹을 자혼이라는 놈이 자신에게 영향을 주고 있다는 것을 깨달았다. 소스라쳐서 손을 털어보고 한 걸음 뒤로 물러서기도 했으나 일영의 어깨에서 서삼의 손바닥으로 엉겨 붙은 그것은 실타래처럼 길게 이어질 뿐, 도무지 끊어지지 않았다. 아니, 오히려 시간이 지날수록 서삼 쪽으로 흘러 들어오고 있었다. 그리고 그럴수록 일영을 감쌌던 그 하얀 무엇인가가 점차 옅어져갔다.

그가 다른 어떤 방도를 미처 생각하기도 전에 일영을 감쌌던 그 하얀 무언가는 모두 사라져버렸고 망연자실한 서삼의 앞에는 체격이 반으로 줄어버린 듯한 일영의 유해만이 남아 있었다.

"제길……! 제길! 제길! 제길!"

뒤늦게 서삼은 정신을 차렸지만 이미 때는 늦어버렸다. 서삼은 자신이 무엇인가 중요한 것을 훔쳐버렸다는 것을 알아챘다. 평생 어머니보다 자신을 이해해주고, 보듬어주고, 가르쳐주었던 일영의 무엇인가를. 바로 그 안에 숨죽이고 있던 자혼이라는 놈이…….

하지만 마음 깊은 곳에서 서삼은 쾌재를 외치고 있었다. 평생 훔쳐왔던 그 무엇보다도 갖고 싶었다. 욕심이 일었다. 그리고 기어이 훔쳐낸 지금, 서삼은 자책하면서도 자찬하고 있었다. 잘 훔쳤다!

그 순간 서삼은 스님이 돌아가시기 직전 전서구를 보냈다는 것을 기억

혼

해냈다. 누군가 올 것이다. 그자는 대번에 자신이 이 정체를 알 수 없는 무언가를 훔쳤다는 사실을 알아챌 것이다. 안 된다. 빼앗기고 싶지 않았다. 다른 건 몰라도 이것만은. 서삼은 방을 뛰쳐나와 정신없이 달리기 시작했다.

33

병원을 나서는 희령의 발걸음이 한없이 무거웠다. 한 발 한 발 내디딜 때마다 은회색 보도블록이 하나씩 깨어지는 기분이었다. 그 어떤 실감도 나지 않았지만 양손이 자연스레 아랫배를 덮었다. 마치 세상으로부터 보호하려는 듯.

"아가······."

이제 겨우 초음파에 작은 점으로 찍히는 그 작은 생명이 그녀의 배 속에 자리 잡고 있었다. 하지만 희령은 그저 달갑지만은 않았다. 그동안 쌓아온 죄가 그보다 더한 무게로 아랫배를 묵직하게 누르는 것만 같았다. 어떻게든 지켜야 한다. 지금이라도 연을 끊어내야 한다. 지긋지긋한 인연의 끈을 놓아야 한다. 혹여나 그 끈이 배 속의 아기에게 닿으면······. 희령은 세차게 고개를 흔들었다.

하지만 얼마 지나지 않아 그 끈이 얼마나 질긴지, 얼마나 강하게 얽혀 있는지 깨달았다.

"두 태아 중에 한 태아가 성장이 매우 더딥니다. 이대로라면 한 아이마저도······ 주기적으로 검진을 하셨다면 8주 차에는 아셨을 텐데요. 일단 제가 소견서를 써드릴 테니까 더 큰 병원으로 전원을······ 어? 산모님!"

의사가 말을 다 마치기도 전에 희령은 진료실을 뛰쳐나갔다. 그러고는 실성한 사람처럼 거리를 마구 내달렸다.

임신 사실을 알고 난 후로 자신이 지은 죄가 아이에게 닿을까, 혹여 잘 못될까 숨 한번 크게 쉰 적 없던 그녀였다. 눈물이 앞을 가렸지만 그 눈물이 누구를 위한 눈물인지 희령은 스스로도 알지 못했다. 자신의 죄에 대한 후회인지, 아이에 대한 미안함인지, 혹은 잘라냈다고 생각했던 인연에 대한 두려움인지.

그로부터 두어 달이 지난 어느 날. 퇴근해서 돌아온 진우가 꽃다발을 건넸다.

"여보, 축하해요!"

"웬 꽃이에요? 그것도 두 다발이나?"

"우리 아이가 생겼는데, 축하해야죠! 왜 말 안했어요?"

"아, 아직 초기라서…… 그런데 쌍둥이 아니래요. 다른 데서 검사받았어요."

"음? 그게 무슨 말이에요? 정 박사가 쌍둥이라고…….."

"가끔 초음파 음영 때문에 오진이 나올 수도 있다고 해요."

"어디에서 검사 받았는데요?"

희령은 잠시 말을 멈추고는 진우의 눈을 찬찬히 들여다봤다. 내가 어떤 사람인지 알게 된대도 여전히 나를 사랑해줄까? 이 순진한 남자의 순애보는 평생 희령이 겪어보지 못한 것이었다. 늘 다가오는 이들을 모두 밀어내던 그녀가 진우를 받아들인 이유는 그가 의사라는 사실 때문이었다. 사람을 살리는 의사니까 이 사람의 곁에 있다 보면 자신의 죄도 조금은 옅어지지 않을까, 하는 헛된 기대 때문에. 하지만……. 아랫배에 살짝 손을 올린 희령이 자신도 모르게 입술을 꽉 깨물었다.

"여보, 저…… 시골에 좀 가 있을게요."

방법은 이것뿐이다. 그들에게 나는 포기할 수 없는 유일한 숨통이니까. 일단 거짓으로라도 다시 그들과 함께하겠다고 한다면 내 아이들을 구해줄 것이다. 그렇게 희령은 강진으로 향하는 버스에 몸을 실었다.

34

"으음…… 아직 멀었으려나? 여보, 안 피곤해요?"

잠에서 깬 희령이 물어왔다. 이럴 줄 알았으면 내비게이션을 좀 더 빨리 꺼버릴걸. 진우는 살짝 후회했다. 고요가 희령의 잠을 깨운 것이 분명했다.

이사를 결정한 뒤로는 일사천리였다. 마치 원래부터 이사하려고 계획해 왔던 것처럼. 진우는 이상야릇한 기분이 들었다. 분명 본인이 지호를 위해 서 이사를 하기로 결정했지만 그 결정을 실행으로 옮기게 한 것은 다른 사 람인 것 같았다. 그게 희령인지 지호인지는 불확실했지만.

"응. 괜찮아요. 어차피 차 댈만한 곳도 없고……."

왕복 2차로이기는 하나 산속 임도를 그대로 포장만 한 듯 매우 협소했 다. 갓길이야 당연하고 신호등이나 대피로도 없었다. 대체 희령이 무슨 생 각으로 이런 산골 마을에서 지호를 낳은 것인지 이해가 되질 않았다. 애초 에 이 마을에 무슨 연이 있을까. 물어도 봤지만 희령은 그저 어릴 적 친척이 살던 동네라는 말만 해줬을 뿐 다른 이야긴 도통 해주질 않았다.

"그래도 사람 사는 마을인데…… 이렇게 교통이 불편한가?"

"요즘 시골 인구가 그렇잖아요. 다 해도 주민이 열 명이나 될까……."

진우는 다시 한번 희령을 떠봤지만 또 얼버무릴 뿐이었다. 생각해보면 연애를 하던 시절부터 모든 일에 늘 수학 문제를 풀듯 확고한 답을 내놓던 희령이었는데 유독 임신 당시와 이번 이사에 대해서만은 찰흙으로 반죽을 하듯 뭉뚱그리기만 했다.

답이 없어서일까, 아니면 내가 답을 아는 게 곤란한 걸까. 진우는 궁금해졌다. 하지만 군이 그런 문제로 다투고 싶지는 않았다. 어쨌든 서로 간의 이해관계가 잘 맞아떨어졌다. 진우는 이사를 원했고 가장 큰 난관이라고 생각했던 희령이 오히려 최대치의 추진력이 되어준 셈이었다.

자세를 고쳐앉은 희령은 곤히 자는 지호의 머리를 살짝 들어 본인의 허벅지에 뉘였다. 지호는 뒤척이지도 않고 잘 자고 있었다. 그녀는 지호의 통통한 볼을 손가락으로 살짝 눌렀다가 살포시 미소 짓고는 머리를 쓰다듬었다. 머릿결이 참 좋아. 누굴 닮았을까. 나는 참머리고 희령도 살짝 곱슬머리인데…… 진우는 잠깐 딴생각을 하면서 시계를 봤다.

"그러게. 지금쯤이면 도착했어야 하는데…… 어쨌든 외길이라 길을 잃을 걱정은 없네. 이 길 맞죠?"

내비게이션의 화살표가 이리저리 산속을 둥둥 떠다니는 모습이 진우의 불안함을 더욱 부추겼다. 둘 중 유일하게 이 마을에 와본 희령에게 물으려 진우가 뒤를 바라봤다. 그러나 진우는 곧바로 다시 고개를 돌렸다. 정체를 알 수 없는 검은 물체가 빠르게 차 앞으로 튀어들어온 것이다.

끼이익-

놀란 진우가 반사적으로 브레이크를 밟자 타이어가 찢어질 듯 굉음을 냈고 그 굉음을 덮는 희령의 비명소리가 이어졌다.

"아악!"

차체에 충격이 오기는 했지만 오히려 충돌의 충격보다는 급제동의 영향으로 몸이 앞으로 쏠려 안전띠가 목을 조여왔다. 목과 가슴 앞쪽, 허리가 안

전띠에 쓸렸는지 벌써 조금 쓰려왔다.

"여보, 괜찮아요? 지호는?"

"지호야!"

지호는 급정거의 충격 때문인지 뒷좌석 바닥에 굴러떨어져 있었다. 천만다행으로 지호는 자느라 근육이 이완된 상태여서 크게 다친 곳은 없는 것 같았다. 뒷좌석 바닥에 이리저리 쌓여 있는 짐가방도 충격을 많이 완화해 주었을 것이다.

"으응. 엄마, 저는 괜찮아요."

희령은 안도감에 지호를 안고는 와락 울음을 터뜨렸다.

"여보, 그런데 뭐예요? 당신은 괜찮아요?"

아직 진정이 안 되었는지 여전히 울먹거리는 희령이 주위를 두리번거리며 진우에게 물었다.

"들짐승이지 않을까. 나가서 한번 볼게."

이런 외길 임도에 걸어 다니는 사람이 있을 리도 만무했고 있다손 치더라도 차 앞에 뛰어들 이유는 더더욱 없다. 이제 초가을이 막 지난 시점이라 먹이를 찾아다니는 고라니 같은 야생짐승일 확률이 높았다. 진우는 하필 이사 오는 날 이런 사고를 당했다는 사실이 불길하게 느껴졌다.

"엄마, 저도 나가보면 안 돼요?"

"응. 지호는 엄마랑 있자. 엄마 무서우니까 지호가 지켜줘야지?"

"응…… 알았어요."

차에서 내리는 진우의 등 뒤로 귀여운 대화가 오갔지만 진우는 그다지 흐뭇하지는 않았다. 이런 장면을, 무엇인가의 내부에서 나오는 검붉은 물질이 흥건한 장면을 지호가 보고 싶어 한다는 것은 알았다. 그것이 천재성에서 오는 것이라면 분명 지호는 의학계에 한 획을 그을 수 있을 것이다. 하지만 평소 잠자리, 메뚜기나 지렁이, 물고기 등에 대한 지호의 관심을 보자면 분명 그런 호기심과는 거리가 멀었다. 진우는 서둘러 차 문을 닫았다.

혼

목적지도, 방향도 정하지 않은 채였지만 서삼은 그저 쉬지 않고 달렸다. 해가 지고 별이 뜨는 것을 몇 번이나 보면서도 걸음을 멈추지 않았다.

달리는 내내 2년 전 그때, 피 맛을 본 나뭇가지와 끈질기게 붙어 있는 나뭇잎들이 또다시 서삼의 몸 여기저기에 상처를 냈다. 나뭇가지가 긁은 생채기에 다시 나뭇잎이 베고 들어왔다. 나뭇잎은 살 속에 박힐 듯 들어왔다가 나가고 또 들어왔다. 눈 밑에 난 상처에서 흘러나온 피는 입가 근처에 난 상처로 흘러 들어갔다.

그저 훔친 그것을, 심지어 무엇인지도 모르면서 뺏기고 싶지 않다는 마음뿐이었다. 그것은 이제 완전히 서삼의 안에 자리를 잡은 듯 조용히 숨죽이고 있었다. 뺏기지 않으려면 일단 그것이 무엇인지 알아야 했다. 하지만 지금 섣불리 여기저기 다니다가는 꼭 호법승들에게 붙잡혀 산 채로 불에 태워질 것 같았다.

얼마나 더 달렸을까. 이제 더는 달릴 힘이 없어 쓰러지듯 앉은 자리는 우연하게도 학명산에 자신이 재화를 숨겨둔 그 동굴 근처였다. 애초에 도망치려던 방향이 서쪽이었고 어느 정도 익숙한 산세에 들어서자 자신도 모르는 사이에 학명산으로 와버린 모양이었다.

동굴은 오랜만에 자신을 찾아온 서삼이 낯설다는 듯 칡덩굴과 낙엽들 사이에 몸을 숨기고 있었다. 동굴의 입구는 상당히 좁은 편이었지만 왜소한 서삼이 드나들기에는 충분했었는데 2년이란 시간 동안 왕래가 없어서인지 혹은 별도 들지 않을 정도로 우거진 칡덩굴 때문인지 왜소한 서삼도 거의 기다시피 하여 겨우 들어갈 수 있었다.

"쿨럭, 쿨럭."

온갖 것이 썩는 냄새와 강물을 따라 흐르다 결국은 바다에 닿지 못하고 쌓여버린 뻘 같은 비릿한 흙냄새가 동굴에 들어선 서삼의 눈과 코와 목구멍을 강하게 때렸다. 오랜만이라 서먹한 듯하던 동굴은 서삼이 예고 없이 얼굴을 들이밀자마자 고약한 민낯을 드러냈다.

서삼은 일단 상체를 다시 동굴에서 꺼내 폐부를 깨끗한 공기로 채워 넣었다. 당장 그들이 쫓아오지는 않을 테니 일단 동굴 입구를 좀 열어 환기를 시키고 그동안 입구를 가릴만한 것을 만들어두면 되겠다고 생각했다.

동굴은 입구 부분은 땅속으로 비스듬히 내려갔다가 안의 동공은 살짝 위로 올라가 있는 곡괭이 구조였다. 절벽에 나 있는 동굴처럼 곧추서 있지 않아서 가리기 쉬웠다. 그렇다고 바닥에 평평하게 나 있지도 않으니 만에 하나 사람이나 동물들이 그 위를 막 돌아다닐 위험도 낮았다. 서삼은 적당한 나뭇가지 대여섯 개를 칡덩굴로 얼기설기 묶은 다음 나뭇잎이 아직 달린 가지 몇 개를 빼곡히 꽂아 출입문을 만들었다.

한동안 입구의 칡덩굴을 다 밀쳐서 개방해놓기는 했지만 여선히 안의 공기는 탁할 확률이 높았다. 분명 바람구멍을 내어놓은 자리가 막혔을 것이다. 서삼은 일단 들어가서 바람구멍만 트면 괜찮을 것 같다고 생각했다.

이번에는 입구를 가리기 위해서 다리부터 집어넣었다. 마지막으로 입구를 가리기 직전, 서삼은 크게 숨을 들이마셨다. 입구가 막히고 서삼의 눈에는 칡덩굴 사이로 이쑤시개 같은 작은 빛들만 보였다. 동굴 밖에서는 그마

혼

저도 눈치 채기 힘들었다.

그들은 누구일까. 자신을 쫓아오고 있을까. 그 무엇도 확신할 수 없었지만 이 정도면 결코 찾아낼 수 없으리라. 서삼은 안도의 한숨을 내쉬고는 몸을 좀 더 웅크렸다.

36

"하아."

차 범퍼를 확인한 진우가 크게 한숨을 내쉬었다. 충격이 그리 크지 않았기에 눈에 띄게 패거나 범퍼가 떨어져 나가지는 않았지만 오른쪽 범퍼가 찢어져 있었다. 분명 고라니나 야생 들개 같은 것이 분명했다. 범퍼는 범인을 움켜잡으려 했는지 찢어진 틈으로 거무죽죽한 털이 한 움큼이나 껴 있었다.

"앗!"

범퍼를 살펴보다 미처 바닥을 살피지 못한 진우의 발에 검붉은 핏물이 묻었다. 진우는 여기저기 둘러봤지만 상당히 많은 피를 흘렸음에도 용케 도망간 듯 어디에도 사체는 보이지 않았다. 이 정도 피를 흘리고도 도망가다니. 멧돼지일 수도 있겠다 싶었다. 어릴 적 동네에 찾아온 엽사들이 하는 말을 들은 기억이 났다. 멧돼지는 머리를 첫 방에 못 맞히면 엽사가 죽는다고.

어느덧 저물녘이 다가왔다. 낮아진 해를 우거진 숲이 가려버리자 검붉은 피 웅덩이는 마치 진우마저 삼켜버릴 듯 검은 심연처럼 보였다.

"여보, 괜찮은 거예요?"

희령은 내리기가 무서웠는지 창문 너머로 고개를 살짝 내밀곤 물어왔다. 진우는 짧게 한숨을 내쉬고는 대답했다.

"응. 아무래도 고라니나 그런 것 같아요. 죽진 않았는지 도망간 모양이네요."

진우는 대답하면서도 앞 범퍼를 다시 살폈다. 누구나 부러워할 만한 가정에는 누구나 부러워할 만한 차가 있기 마련인데, 진우는 특히나 이 차를 아꼈다. 공식적으로 수입이 안 돼서 딜러를 알음알음 소개받아 겨우 수입한 차. 관세는 또 얼마나 많이 물었던가. 그런 애마의 범퍼가 찢어져 있었다. 진우의 마음 역시 찢어졌다.

"하…… 이거 또 돈 좀 들어가겠는데."

또 한 번 희령에게 들킬세라 조용히 한숨을 쉬며 중얼거렸다. 희령은 이 차를 좋아하지 않았다. 아무래도 부모 도움 없이 자수성가한 사람이라 그런지 소비에 대해서는 엄격한 편이었는데 그 엄격함을 과도하게 넘어서버린 게 이 차였다. 진우 역시도 시골에서 나고 자라 크게 사치를 부리지 않는 성격이었지만 다른 건 몰라도 이것만큼은 양보할 수 없었다.

희령에게는 아는 사람이 갑자기 이민을 하게 되면서 어쩔 수 없이 저렴하게 넘긴 것으로 얼버무렸었는데……. 어떻게 해야 이걸 티 안 나게 수리할 수 있을지 벌써부터 걱정이 앞섰다. 이 범퍼 값이면 시골에서 타고 다닐 소형차 한 대는 살 텐데. 이제 병원도 그만두고 졸지에 백수가 된 마당에 비자금 따위는 가망도 없다. 이제는 희령에게 감출 수도 없게 한숨이 터져 나왔다. 게다가 이런 시골까지 온 바에야 돈이 있어도 한동안은 수리는 꿈도 못 꿀 일이다.

위잉-

진우가 다시 차에 오르려는 순간, 어디선가 견인차 소리가 들려왔다. 진우가 미처 둘러보기도 전에 견인차는 진우의 차 옆에 멈춰 섰다. 그러고는 한 남자가 차에서 내려섰다.

"여어. 괜찮으세유? 오메. 가을철에는 고라니가 천지빼깔인디 조심하지 그랬대유."

도시에서 늘 양아치 같은 견인차 운전사만 봐온 터라 진우는 살짝 긴장한 얼굴로 남자를 쳐다봤다. 얼핏 봐도 진우보다는 연배가 있어 보였다. 적어도 쉰은 넘어 보였지만 그렇다고 예순은 안 될 것 같았다.

"그러게요. 그렇게 빨리 달리지도 않았는데요."

희령이 대답했다. 차 범퍼만 지켜보던 진우는 그 대답에 묻은 반가움을 감지하지 못했다.

"이 근처에는 따로 정비소가 없구만유. 제 가게로 가실래유? 집에 가는 길이니께 끄는 건 꽁으로다가 해드릴게유."

아니! 진우는 자신도 모르게 목소리가 튀어나오려던 걸 꾹 참았다. 애초에 이런 시골에 부품이 있을 차도 아니거니와, 기껏해야 화물차나 수리해봤을 법한 정비사에게 맡길 순 없다. 게다가 지금 내 차를 보고도 못 알아보는 사람에게는 더더욱.

진우는 애써 침착한 태도로 입을 열었다.

"아뇨, 이 차가⋯⋯."

"어머, 그럼 저희야 감사하죠! 지금 막 이사 오던 길인데 하필 사고가 났네요. 그래도 좋은 분을 만나서 다행이에요."

그런데 진우가 말을 채 끝내기도 전에 희령이 환한 표정으로 끼어들었다. 그가 보기엔 얼굴을 덥수룩하게 덮은 턱수염 때문에 자칫 산적처럼 보이는 털보 아저씨가 그렇게 '좋은 분' 같지는 않았지만 굳이 그 생각을 입 밖으로 꺼내지는 않았다.

혼

어느 틈엔가 털보 아저씨는 차를 앞에다 대고는 견인줄을 풀어내고 있었다. 지금 상황에서 부품이니, 수리가 어쩌니 말을 꺼냈다간 아예 차를 팔자고 성화일지도 모른다.

"사장님. 욜로 살살 앞으로 대세유."

"예…… 천천히 좀 부탁드릴게요."

결국 차는 견인바 위에 올라섰다. 진우의 부탁 때문인지 견인차는 믿기지 않을 만큼 느린 속도로 고개를 넘기 시작했다.

37

이대로 더는 못 버틴다. 서삼은 이제 누렇게 변해버린 이빨을 드러내 칡뿌리를 갉으며 생각했다. 가끔 칡뿌리를 캐러 잠시 나가기는 했지만 대부분 새벽이거나 저녁 무렵이었던 탓에 제대로 햇빛도 보지 못했다. 게다가 거의 한 달 동안 먹은 거라고는 칡뿌리뿐이었다.

머리카락이 산발이 된 것은 그렇다 치더라도 서삼의 얼굴은 말 그대로 피골이 상접해서 죽은 지 한 달은 된 송장처럼 보였는데 특히나 햇빛을 자주 못 본 탓에 피부가 너무 하얘서 괴기스럽기까지 했다. 입술은 터지고 곪고 아물고 다시 터지고 곪는 사이에 하얀색에 가까워졌다. 마치 굳은살이 박인 듯 허연 입술이 다시 갈라져 피가 슬슬 배어나와 빨간 줄무늬가 아로 새겨졌다. 그런데도 서삼이 동굴 입구를 바라보는 눈빛만큼은 매우 선명했다. 마치 일영의 그것처럼, 약간은 푸르스름하게 보이는 청명한 눈빛.

밀려오는 추위와 배고픔을 더 이상 참기 어려웠던 서삼은 마을로 내려가기로 마음먹고는 몇 푼의 돈을 챙겨 동굴을 나섰다. 믹잇감을 찾는 생수처럼 여기저기 날카롭게 날아다니던 차디찬 산바람이 냉큼 해질 대로 해진 옷자락 사이사이를 파고들었다. 은신처 같던 동굴을 벗어나 사람들이 가득한 마을로 간다는 생각에 약간의 기대와 여전한 두려움이 있었지만 꽤 긴 시간이 흘렀고 지금의 모습은 누구라도 쉬이 알아보기 힘들 것이었다.

혼

"캬악! 퉤! 저리 안 꺼져!"

산에서 내려온 서삼은 눈에 띈 주막으로 곧장 들어섰다. 그런데 서삼이 주머니에 든 돈을 꺼내 보이기도 전에 싸리비가 날아들었다. 최근 2년간 서삼이 이야기를 나눈 대상이라고는 일영이 유일한데다가 최근 한두 달은 아예 대화라는 것을 한 적이 없었던 그는 갑작스럽게 얻어맞고도 꿀 먹은 벙어리처럼 아무 말도 하지 못했다. 그런데도 주막에서 흘러나오는 곰탕 냄새가 너무 강렬해 떠나지 못하고 주막 입구 근처에 털썩 주저앉아버렸다.

"아니, 저놈의 거지새끼가!"

"오메. 으째 그라요. 거, 내가 한 그릇 사줄랑게 저 어디 귀퉁이에서라도 먹게 하쇼."

다시 한번 매타작이 벌어지려 하자 주막 안에서 국밥에 탁주를 먹고 있던 한 남자가 주모를 말렸다. 서삼은 막 탁주를 들고 있는 그 남자를 바라봤다. 상투는 틀었으되 회색 무명옷에 손마디가 조금 보태어 서삼의 두 배는 되어 보였다. 그런데 얼굴은 또 희멀건 것이, 뙤약볕에 일하는 사람도 아닐 것이다. 손을 쓰는 직업인데 농사는 아니라면 목수나 도공이나 석공일 확률이 높다. 그때 설핏 서삼의 코끝에 돌자갈 냄새가 흘렀다.

"아이고, 그래도 요번에 선암사 일이 괜찮했는갑서? 한 달을 놀고도 거지 사줄 돈이 남았능가?"

"크크크. 그라제, 암. 아직도 남았제."

주모의 농에 남자는 무엇이 그리 웃긴지 고개를 가슴께에 처박고는 한참을 웃었다. 그러는 사이 주모는 국밥 한 그릇을 말아 서삼의 앞에 거의 던지듯 내어놨다. 얼마 만에 제대로 된 음식이고, 고깃국이란 말인가.

허겁지겁 숟가락을 집어 들었던 서삼은 그대로 얼어붙어버렸다. 주모의 입에서 나온 이름은 분명 선암사였다.

"나가 돌 쪼갠 지도 벌써 40년인디 사리 안 나와서 부도 안 한 건 또 처음이랑께. 뭔 스님이 노망이 났는가 사리를 도둑맞았다혀. 크크크크. 세상천지 사리를 누가 홈친당가. 크크크."

"노망이 나긴 났는갑구만. 하기사, 거그가 뭔 절이라고 거까지 부도하러 오믄 일단 제정신은 아니제."

"암, 그라제. 아따 그래도 어디 큰 스님인가, 수행이 여럿 붙었드라고. 그 덕에 정신줄 놨는디도 다 짊고 업고 다시 가드랑께. 크크."

서삼은 명치에 남은 칡넝쿨이 쑥 내려가는 기분이었다. 일영이 부른 자들이 자신을 쫓을 거라 여겼지만 그들은 그대로 떠난 것이 확실해졌다. 이제 더는 숨어 있을 필요가 없어졌다. 서삼은 국밥보다 훨씬 값진 것을 선물해준 석공에게 눈인사를 건네며 조금은 식은 국밥을 한 숟가락 입으로 가져갔다.

"우욱. 웩."

국밥의 뽀얀 국물에 머리 고기 한 점을 야무지게 올려 한 입 넣었지만 구수한 냄새에 침이 돌았던 것과는 달리 서삼의 몸은 적극적으로 국밥을 거부하고 있었다. 숟가락을 입안에 넣자마자 목구멍이 일단 삼키지 않겠다는 의사를 밝혔고 거의 동시에 받아주시 않겠다며 명치는 척주를 향해 달렸다. 위가 뒤틀리듯 통증을 느낀 서삼은 그대로 뱉어내고는 헛구역질을 계속했다.

"오메. 저 거지새끼가. 송장 치우는 거 아니여?"

구역질하는 서삼을 보고 주모가 다가오자 서삼은 자리에서 벌떡 일어나 도망갔다. 어차피 자신을 쫓는 이들이 없다면 굳이 이런 거지꼴로 살 필요

혼

는 없었다. 동굴에 있는 재화로 정상적인 삶을 살 수 있을 것이다. 그러자면 최대한 자기 얼굴을 본 사람이 없어야 했다. 김 첨지 같은 인물이 다시 나타나면 안 된다. 서삼은 자신이 왜 국밥을 삼키지 못하고 뱉어냈는지 궁금할 틈도 없이 동굴을 향해 잰걸음을 옮겼다.

38

마을까지 오느라 긴 시간 운전에 지쳤던 것일까. 진우는 그렇게도 아끼는 차가 도저히 신뢰가 가지 않는 촌부의 견인차에 끌려가는 상황에서도 설핏 잠이 들었다. 뭔가 긴 꿈을 꾼 듯 감고 있었음에도 안구를 얼마나 움직였는지 눈이 뻑뻑했다. 너무 짧은 시간 잠들어서인지 잠에서 벗어나기도 쉽지 않았다.

얼마나 잠든 것일까. 어느덧 임도 내리막길도 끝난 듯했고 그나마 2차선이었던 임도보다도 못한 일차로의 시골길이 길게 이어져 있었다. 눈을 몇 번인가 끔뻑거려 눈물로 안구를 좀 적시자 그나마 좀 시야가 트였다. 그때, 마치 꽤 몸집이 위압적인 마을 표지석이 보였다.

장수藏壽 마을

보통 시골마을들의 이름은 그 의미가 단순하다. 누군가 새로 마을을 세우면 새로울 신新에 터 기基를 써서 신기라고 짓고 큰 돌이 있으면 반드시 마을 이름에 석石이 들어간다. 이런 사유로 장수마을이라 하면 보통은 예로부터 사람들이 장수했거나 혹은 장수하기를 바라는 뜻에서 지었을 것이다.

표지석 옆에는 작게나마 표지판이 서 있었는데 세세한 글씨는 안 보였지만 커다란 제목은 눈에 띄었다.

장수마을의 역사와 유래

일단 역사와 유래를 설명하려고 돈을 들여 표지판까지 설치한 걸 보면 확실히 사람들이 장수하기는 하는 모양이었다. 그런데 표지석을 지나치던 진우의 머릿속에 이상하다는 생각이 스쳐 지나갔다.

'보통 긴 장長을 쓰는데……'

보통 장수라면 오래 산다는 뜻이니 긴 장長을 쓰는데 감출 장臟이라니. 나이를 감춰서 저승사자가 못 잡아갈 정도로 오래 산다는 뜻인가. 옛날에 자식을 낳고 호적에 등록할 때 한자를 몰라 그냥 첫 번째 있는 한자만 쓰다 보니 '일'은 죄다 한 일—이었다는 이야기가 생각났다. 저것도 그렇게 된 거려나. 피식. 진우는 혼자 생각한 바가 얼추 맞는 듯도 하여 실소를 머금었다.

의학적으로나 행정적으로나 장수의 기준이 따로 정해져 있지는 않다. 예전에야 평균수명이 낮아 80세만 넘어도 장수라 했었다. 하지만 의학 기술이 발달하면서 요즘에는 90세 이상 노인들도 어렵지 않게 볼 수 있는 상황이라 장수마을로 인정받기는 쉽지 않은 일이기도 하다. 단순 통계로만 보자면 100세 이상 노인 인구가 1만 5천 명이 넘는다고 하니.

실제 인체의 노화 속도를 보면 외부의 영향이 없는 완전한 상태의 인간은 최장 150년에서 190살까지도 생존할 수 있다. 하지만 외부요인, 즉 환경, 식습관, 술과 담배, 각종 스트레스 등으로 세포들의 노후화가 가속되고 그 결과 생체나이까지 살지 못하고 죽게 되는 것이다. 그래서 죽음은 더욱 두려운 일이 되었는지도 모른다. 죽기 위해서는 고통을 겪어야만 하니까.

"여보. 다 왔어요?"

잠들었던 희령도 깼는지 물었다.

견인차는 정말 천천히 움직였고 —털보 아저씨가 의도했든 그렇지 않든 간에— 그 덕에 셋 모두 여독을 가벼운 선잠으로나마 풀 수 있었다. 심지어 지호는 깊이 잠들었는지 아직도 깨지 않았다.

"응. 마을 초입에 들어선 모양이야. 표지석을 지났어."

"그래요? 표지석이면…… 조금만 더 가면 되겠네요."

희령은 창밖을 두리번거리며 살폈다. 이제 해는 산꼭대기를 넘어서서 반대편 능선에서 내리막길을 내려가는지 거침없이 지기 시작했고 그만큼 산 그림자는 가까워져서 쉬이 밖이 잘 보이지 않았다. 그런데 밖이 잘 안 보이는 것은 단순히 산 그림자가 드리워졌기 때문만은 아닌 듯했다. 마을 입구인데도 불구하고 아무런 불빛도 찾아볼 수 없었다.

"어두워서 잘은 안 보이네요. 표지석 지나서 조금만 가면 서낭당이 랑…… 아! 큰 나무가 하나 있었는데."

희령이 중얼거렸다.

어렸을 적에 와본 것 제외하면 가장 최근에 온 것이 지호를 낳을 때니까 그도 6년 전이다. 기억이 잘 안 날 만도 했다. 희령의 목소리는 마치 몇십 년 전의 추억을 더듬듯 명치 끝까지 내려앉는 듯했다.

"어, 저기 마을이 보이네요. 예전보다 그래도 가로등도 많아지고 좋아졌 네요!"

완만한 커브길을 돌자 견인차에 가렸던 시야가 조금 트였다. 멀리 가로 등이 흔들리듯 빛나고 있었다. 혼불이라고 하거나 도깨비불이라고 부르는 것. 사람이 이승을 떠나기 직전, 마지막 생기가 빛나는 모습. 혹은 영혼이 승천하기 직전 지상에 잠시 모습을 드러내는 것. 멀리에서 바라보는 마을의 모습은 마치 수많은 혼불이 일렁이는 듯한 착각을 일으켰다. 실제 마을에 거주하는 사람의 수가 흔들리는 가로등의 수보다 더 적을 것이라는 데 생각이 미치자 더욱 그렇게 느껴졌다.

"그러게. 요즘 시골에 어르신들만 사실 테니 밝아야 사고 위험도 낮겠지……."

진우가 희령의 말에 대꾸하는 사이에 조금 더 밝은 빛이 눈에 들어왔다.

장수카센터 1급 자동차 정비공업소

사람 키보다 조금 클 뿐인 간판이 세로로 서 있었는데 저 안에 저렇게 긴 글귀가 어떻게 다 들어가나 싶게 많은 글씨가 빼곡하게 쓰여 있었다.

이런 시골에도 정비소가 있구나. 진우는 속으로 반은 안심을, 반은 탄식을 삼켰다. 차라리 정비소가 없다면 읍내 혹은 더 큰 대도시로 수리를 보낼 수 있었을 텐데……. 아내가 보는 앞에서 끌려온 진우의 애마는 이제 치료 도중 의료사고로 사망하더라도 여기에 수리를 맡길 수밖에 없게 되었다.

"역서 마을까지는 좀 더 가야되니께유, 제가 모셔다드릴게유."

차를 정비고 앞에 대고 내린 털보 아저씨는 주머니에서 꺼낸 목장갑을 괜스레 허벅지에 내리치며 말을 꺼냈다.

"아, 저 그게……."

"태워다주시면 너무 감사하죠! 아마 이삿짐은 벌써 와 있을 거예요."

딱히 호의를 거절할 생각은 아니었지만 진우가 대답을 망설이는 사이에 희령이 먼저 대답했다. 굳이 알리고 싶지 않다고 생각했던 정보까지 넘긴 건 덤이었다.

"그래유. 그럼 일단 타세유. 엇차!"

털보 아저씨는 과장된 추임새를 넣으며 다시 차에 올랐다. 뒷좌석이 널찍해 세 가족이 함께 타도 될 터였지만 호의를 받는 마당에 운전기사처럼 부릴 순 없었기에 진우가 개운치 않은 표정을 애써 감추며 조수석에 탔다.

39

부지런히 걸음을 옮기던 서삼은 문득 자리에 멈춰 섰다. 지금 이대로 산에 가서 재물을 챙겨온다고 해도 문제가 해결될 리 없다. 이 모양으로 돈 자랑을 했다가는 결국 관아에 끌려가고 말 것이다. 다른 사람의 물건을 살 때 재물을 지불하는 것이 당연지사지만 시기와 질투는 따로 그 값을 지불하지 않아도 물건에 꼭 따라온다. 의심은 덤이고. 지금 의심을 샀다가는 바로 곤장행이다.

잠시 가쁜 숨과 함께 생각을 고른 서삼은 다시 뒤로 돌아갔다. 양반으로 신분을 꾸미려면 신경 쓸 게 너무도 많은 탓에 적당히 장사치로 꾸밀 요량이었다. 일단 양반이든 장사치든, 이 몰골을 정리하는 게 급선무였다. 최소한 필요한 것은 옷가지와 짐 보따리, 수염과 머리를 정리할 가위와 상투 정도였다. 오랜만에 하는 도둑질인지라 살짝 긴장되었지만 도둑질로 잔뼈가 굵은 만큼 안 걸릴 자신이 있었다.

그런 그의 자만을 비웃기라도 하듯 시장 거리에 들어선 서삼은 훔치는 속도보다 훨씬 빠르게 바닥에 뒹굴었다.

"이런 거지새끼가! 어디 한번 죽어봐라!"

옷을 훔치려던 서삼은 어이없게도 대번에 주인에게 뒷덜미를 잡혔다. 이내 길바닥에 내동댕이쳐져 매찜질을 받고 있었다. 물론 매도 아팠지만 서삼은 그 고통도 잊을 정도로 충격에 빠져 있었다.

보통의 도둑이 2년간 쉬었다면 손기술이 녹슬어 당연히 그럴 수 있다. 혹여 타고난 기술이라 하더라도 근 한 달 동안 제대로 먹지 못해 몸에 기력이 쇠했다면 또 그럴 수 있다. 하지만 서삼이 충격을 받은 것은 그것과는 다른 문제였다.

최대한 얼굴을 가리고 묵묵히 매질을 견뎌낸 보상으로 서삼은 관아에 넘겨지는 신세는 면할 수 있었다. 대신 소금을 한 바가지나 뒤집어써야 했지만. 계속 눈에 띄었다간 다시 매질이 시작될지도 몰랐기에 서삼은 일단 재빨리 옷가게를 벗어나 외진 곳에 몸을 숨겼다.

그는 고민에 잠겼다. 이건 자기 손이 녹슨 것이 아니다. 느낌이 달랐다. 도둑질을 할 때면 늘 물건들은 원래 서삼의 것인 듯 손에 달라붙었고 자연스레 품에 들어왔었다. 그런데 이번엔 그 옷이 가기 싫은 시집을 가는 여자처럼 옷가게 좌판을 붙잡고 저항하듯이 품에 들어오질 않았다. 처음엔 도둑을 맞을까 옷을 어디에 묶어둔 줄로 착각했을 지경이었다.

서삼은 허리춤을 뒤져서 챙겨온 엽전을 확인했다. 이 정도면 문제없이 필요한 것들을 살 수는 있을 것이다. 하지만 확인은 해보고 싶었다. 과연 지난 2년간의 세월이 자신의 그 저주를 풀어 헤쳤는지. 아무래도 옷은 부피가 커서 들키기 쉬웠을지도 몰랐다. 가위는 크기도 작으니 훨씬 손쉬울 것이다.

자리를 털고 일어난 서삼은 가위 가게로 들어섰다. 그는 물건을 둘러보는 척하며 가위 하나를 슬쩍 소매 안으로 숨겼다. 그 즉시 주인이 성난 모습으로 그에게 달려들었다.

"아니, 이 거지 같은 놈이!"

"아, 아닙니다. 여, 여기 도, 돈 있어요!"

"험험. 아니, 거 살라믄 말을 하제마는. 옛소."

혼

130

서삼의 손목이 부러져라 잡아챘던 주인은 그가 다급하게 엽전을 내밀자 헛기침을 하며 셈을 치렀다. 거지꼴을 하고 돈을 내는 것에 의심하는 듯했지만 돈 앞에 힘쓰는 장사꾼이 어디 있겠는가. 결국 가위를 손에 넣은 서삼은 거리 구석에 주저앉았다.

확실히 다르다. 이것은 그냥 느낌이 아니라 사실이었다. 전에는 훔칠 물건을 보면 그 물건이 훔쳐도 되는 물건인지 절로 알 수 있었고 손에 착 감겨 들어왔었다. 그런데 아까에 이어 이번에도 옷처럼 수많은 가위 중 어느 것도 눈에 들지 않았고 집어 들었던 가위도 손에 잘 들어오질 않았다. 그러는 사이에 손목이 잡혀버린 것이다.

분명 일영과 2년 동안 참선한 효과가 있는 것이다. 그렇다면 자신을 내내 괴롭히던 저주에서 벗어난 걸까. 그는 웃어야 할지 울어야 할지 잠시 고민했다. 만약 그게 사실이라면 이제 먹고살기 위해서는 도둑질이 아닌 다른 방도를 찾아야 했다. 어쨌든 동굴에 꽤 많은 재화를 숨겨뒀으니 당분간은 걱정은 없었다.

서삼은 지나가는 아이를 불러 옷가지며 신발이며 심부름을 시켰다. 아무래도 지금의 차림새로 이것저것 사는 것은 의심받을 수 있기 때문이기도 했지만 그보다는 최대한 얼굴을 사람들에게 보이지 않으려는 의도에서였다.

아이에게 전달받은 물건을 바리바리 짊어지고 다시 동굴로 돌아온 서삼은 가위로 머리와 수염을 정리하고는 계곡물로 말끔히 씻고 옷을 갈아입었다. 그리 외모가 훤칠한 편은 아니었지만 말끔히 수염을 깎고 상투를 틀어 놓으니 꽤 봐줄 만했다. 꾀죄죄한 때를 밀고 나니 하얀 피부가 더욱 돋보였으며 불혹의 나이에도 불구하고 여전히 약관으로 보이는 얼굴에 말끔히 차려입으니 약간 귀티도 났다.

특히 약간 푸른빛이 돌 정도로 고요히 가라앉은 눈빛은 마치 일영의 그것과 같았다. 너무 차분해 보여서 장사꾼의 눈빛은 아니라고 생각했지만 이 정도면 그래도 돈깨나 있는 무역상 정도로는 보일만도 했다. 서삼은 거울에 비친 모습이 나름 흡족해서 고개를 몇 번 끄덕이고는 재화를 보따리에 챙기기 시작했다.

서삼이 축적한 재화는 대부분 엽전이긴 했으나 갖가지 귀중품들도 있었다. 지도나 그림 같은 것들도 있었는데 그 양이 꽤 많았다. 동굴이 입구는 좁아 보이나 실제 동공은 그 폭이 사람 열댓 명이 누워도 충분할 만큼 넓었고 깊이는 장정이 큰 발로 뛰어도 대여섯 발은 뛰어야 끝에 닿을 정도였다. 그런 동공이 거의 가득 차 보일 정도였으니 거의 20년이란 세월을 놓고 봐도 서삼의 도둑질 솜씨에 누구든 혀를 내두를 만했다.

가능하면 부피는 작고 큰돈이 될 만한 것들로 챙기려 재화를 둘러보던 서삼은 무언가 낀 듯 눈이 침침한 것 같아 열댓 번을 끔뻑이다가 깜짝 놀라 엉덩방아를 찧고 말았다.

"어, 어!"

눈곱이라도 꼈나 싶었던 그 하얀 이물감은 눈을 깜빡일수록 되레 더 선명해졌다. 그리고 뭔가 이상하다 느끼고 눈을 비비려던 순간 뇌리에 일영의 마지막 뒷모습이 떠올랐다. 그랬다! 저 물건들! 보석이며 그림이며 물건들을 감싸고 있는 하얀 것은 서삼의 눈에 뭔가가 끼인 것이 아니라 그때 스님의 몸에 덮여 있던 그것이었다!

"아이고, 스님. 죄송합니다."

서삼은 일영이 살아온 듯 자리에 넙죽 엎드려 빌었다. 무엇이 죄송한지는 몰랐으나 무언가 죄송하다는 것은 알았다.

한참을 흐느끼던 서삼이 슬쩍 고개를 들어 다시 물건들을 자세히 살펴봤다. 어떤 물건들은 하얀 기운이 둘러싸여 있었고 아닌 것들도 있었다. 특히 장시간 밀폐된 동굴에 있었던 탓에 곰팡이가 슬고 썩어버린 그림은 대부분 기운이 없었지만 보석류는 절반 정도 기운이 아지랑이처럼 쌓여 있었다.

서삼은 무엇에 끌리듯 손을 갖다 대어 보았다. 마치 일영의 그것과 같이 그 하얀 기운들이 그를 끌어당겼다. 하지만 그때처럼 그 기운이 서삼에게 끌려오거나 하지는 않았다. 무슨 조화일까. 궁금하기는 했지만 당장 해답이 나올 리 없었다.

일단 서삼은 손에 잡히는 대로 보석들을 챙기고 돈도 적당히 챙겨 동굴을 나섰다. 꽤 봇짐이 무거워서 몸을 뒤로 당겼지만 오히려 산에서 내려가는 데는 도움이 되었다. 서삼은 새로운 삶에 대한 계획을 세우며 힘차게 발걸음을 옮겼다.

40

"지도 실은 이리 온 지 얼마 안 됐슈. 으이구…… 어설차니 속은 게쥬."

털보 아저씨, 두식이 이를 앙다물 듯 말문을 텄다. 진우는 파란 페인트가 바랠 정도로 오래된 정비고에 비해 새빨간 글씨가 매우 선명했던 간판이 떠올랐다. 진우가 대꾸를 하기도 전에 두식이 묻지도 않은 이야기를 이어갔다.

"지가유. 원래는 당남시에서도 알아주는 정비사였구먼유. 돈이 웬수라고, 돈이 없어서 제 정비소 하나 못 차리니께. 아무리 잘해도 쥐꼬리만한 월급 말고는 들어오는 게 있어야쥬…… 그래서 죽고 살고 모태서 내 가게라고 장만한 데가 여기예유."

"그런데 왜 하필 이런 데……."

진우는 속으로 아차 싶었지만 이미 뱉은 말이었다. 하지만 누구라도 말을 참지 못했을 터였다. 아무리 봐도 마을에 주민도 얼마 없어 보이거니와 애초에 '장수마을'인데 운전하는 사람이 몇이나 되고 차가 몇 대나 되겠는가. 이런 데 정비소라니. 상식적으로 가게를 차릴 만한 곳이 아니었다.

"그니께 어설찮다는 거여유. 그 망할 놈 때문에……."

두식의 이야기는 이랬다. 자주 일하던 정비소를 찾는 손님이 하나 있었는데, 자꾸 두식에게 본인의 카센터 하나 갖고 싶지 않냐며 묻더라는 거였다. 두식이야 늘 꿈이긴 했어도 모은 돈이 얼마 안 되니 손사래를 쳤지만 그

혼

때마다 매번 모은 돈이 얼마나 되는지 끈질기게 물었단다. 이래저래 3천만원 가까이 된다고 하니 한동안은 아무 말이 없었는데 두어 달 뒤 갑자기 가게 사장이 그동안 고마웠다며 2천만 원을 선뜻 건넸다고. 알고 보니 그것이 협잡꾼의 놀음에 놀아난 가게 사장이 본인에게 주는 퇴직금이자 이 정비소의 잔금이었더란다.

"아니, 그건 사기 아니에요?"

"에…… 그게 또 애매해유. 실제로 정비소 사진을 보고 괜찮아 보이기는 허길래 별말 안 해가지구유…… 뭐 그래도 보기보다는 먹고 살 만은 해유. 허허허."

"음……."

진우는 말을 삼켰다. 세상에는 그런 사람들이 있다. 종이배처럼 그저 흐르는 대로 큰 욕심도 없고 그만큼 어떠한 반발도 없이 사는 사람들. 진우가 보기에 그런 사람들은 그저 편하게 허허허 웃고 사는 것처럼 행세하지만 실제로는 바닥부터 서서히 젖어 들어가는 중일뿐이었다. 결국은 침몰할 것이다. 다 젖기 전에라도 가녀린 나뭇가지 하나만 걸리면 바로 뒤집힐 허약한 인생.

"쨌든, 이렇게 젊으신 분들이 이사를 오시니께 기분이 좋네유. 동네에는 어르신들뿐이라 말도 잘 안 통하구유……."

말을 이은 두식의 표정이 어두웠다. 모양새를 보니 아직 결혼 전인 듯한데 이런 산골 외진 마을에 젊은 사람이 혼자 살기는 아무래도 적적하고 심심할 터였다. 그렇다고 딱히 친분을 쌓고 싶은 마음이 생기는 것은 아니었지만.

"진우 씨도 혼자 심심할 텐데…… 아저씨, 저희 집에 한번 놀러오세요."

"아이구. 그러믄야 저야 좋쥬."

진우가 말릴 사이도 없이 희령이 두식을 집에 초대해버렸다. 친분을 쌓는 건 별로 내키진 않았지만 마을 동향도 듣고 무엇보다 차를 잘 부탁하려면 따로 한번 보는 것도 나쁘진 않을 것 같아 진우도 반대하진 않았다.

"마침 마을에 기자양반이 하나 와 있거든유. 그 양반도 아마 사장님 또래일 거예유. 한동안 더 있겠다는 거 같으니 한번 뭉쳐보게유."

"어머! 말 나온 김에 그럼 내일 저녁에 저희 집에서 모여요!"

"여, 여보!"

진우는 적극적으로 나서는 희령을 당황스러운 얼굴로 쳐다봤다. 아무래도 좁은 시골마을이라 사람들과 빨리 친해지길 바라는 거겠지.

운전석 옆의 시계가 깜빡이며 7시 35분을 가리키고 있었다. 마을 진입로는 왼쪽도, 오른쪽도, 뒤쪽도 모두 산으로 둘러싸인 탓에 무척 어두웠다. 그나마 길이 거의 직선이고 포장은 돼 있어서 헤드라이트 불빛만으로도 가는 데 문제는 없어 보였다. 그렇게 얼마나 더 갔을까. 드디어 희령이 말했던 서낭당이 보였다. 이리저리 매달린 색색의 띠들이 헤드라이트 불빛을 되받아쳤다. 드디어 장수마을에 들어섰다.

혼

2 부

1

"아이씨…… 길도 X 같아요, 아주."

민기의 입에서 걸쭉한 욕이 흘러나왔다. 푹 절인 장아찌처럼 진갈색으로 변해버린 종이컵에 담갔던 손가락을 허벅지에 쓱쓱 비벼 닦았다. 내가 재떨이에 침을 뱉었던가, 그게 가래였던가. 잠시 생각한 민기는 차를 옆으로 대고 조수석 종이 더미에서 어렵사리 라이터를 찾아내서 담배에 불을 붙였다.

이런 산골에 취재를 보내는 이 부장의 꿍꿍이는 뭐란 말인가. 이제 11월. 내년이면 있을 지자체장 선거가 맞물려 한창 여러 상자가 사무실에 들어올 시기다. 물론 민기가 그런 상자들을 볼 때마다 까칠하게 구는 것은 인정한다. 맨날 기레기, 기레기 소리 듣는 거 지겹지도 않냐며 국장이 있는 자리에서 소리 지른 것이 좀 오버스러웠던 것도 맞다. 그런 상자에 붙어오는 보도자료만 곧이곧대로 받아 적어 나팔수처럼 불어재끼면, 단 한 명도 아무 말 없이 잠자코 있으면 언론이 살아남겠냐고도 했었던 것 같기도 하다.

언론의 명운은 둘째치고 이런 지역신문사에 무슨 큰 이권이 돈다고 그렇게 굽실거리는지. 그렇다고 민기가 상자를 발로 찬 것도 아니고, 그냥 좀 미운 소리만 하는 것뿐인데 뜬금없이 기획취재라며 장수마을에 갔다 오라니. 엄연한 축객령* 아니냔 말이다.

---

* 손님을 내쫓는 명령.

담배 연기를 길게 내뱉은 민기는 조수석에 놓인 서류 더미 위에 놓인 출력물에 잠시 눈길을 줬다.

장수마을, 세월이 비켜 간 그곳. 우리가 흔히 생각하는 장수마을 하면 떠오르는 이미지는……

"장수마을은 무슨…….."

민기는 사전 조사차 통화를 나눴던 홍 기자와의 대화를 떠올렸다.

"에휴…… 말도 마세요."

홍 기자의 목소리는 예상보다 훨씬 앳되었다. 아마 수습기자나 인턴기자쯤 될 법했다. 하기야, 그러니 이런 시덥잖은 기사나 썼겠지. 맥락도 없거니와 최소한의 인터뷰도 제대로 실리지 않은 엉터리 기사였다. 그렇게 생각하니 또다시 이 부장에 대한 울화가 치밀었다.

"이 부장, 이 새끼……."

"네?"

"아, 아니에요. 그런데 왜 말도 꺼내지 마라시는지……?"

"아니, 무슨 어르신들이 붙임성이 하나도 없어요, 단 요만큼도! 하는 말마다 모른다, 안 한다. 싫다. 그 기사도 그냥 제가 무슨 소설 쓰는 기분으로 썼다니까요. 이럴 줄 알았으면 그냥 작가 됐지, 뭐 하러 내가 기자를 했나 몰라요."

어쩐지 기사가 너무 허술하다는 생각은 했다. 그런데 작가로서도 크게 재능은 없어 보였다. 나는 좀 소질이 있었나. 절로 한숨이 나왔다. 원체 우회에는 소질이 없는 민기였다.

"그러니까, 그다지 협조적이지는 않았단 말이죠?"

"비협조라고 하기도 부끄러워요. 무슨 묵비권 행사하는 범죄자 인터뷰하는 거랑 똑같았다니까요. 그런데 거기는 왜요? 기자님도 거기 취재하시게요? 그냥, 인터넷 뒤져서 저기 어디 다른 장수마을 하세요. 괜히 시간만 버리니까요."

그런 것도 기자라고. 홍 기자와의 통화를 떠올리며 혀를 끌끌 찬 민기는 담배를 종이컵 재떨이에 담가 껐다. 이제 이 언덕 너머 임도를 다 지나면 마을 어귀에 당도할 터였다. 아무리 그래도 취재밥만 20년인데, 애송이 기자와는 급이 다르지.

"어, 나야. 강진에 장수마을이라고 있거든? 거기 관련된 자료 좀 있나 찾아봐. 뭐든. 특히 지역신문이나 단신 같은 걸로. 어어."

국회도서관에서 일하는 후배에게 부탁 아닌 부탁을 한 민기는 마음을 고쳐먹었다. 이 부장이 반강제로 시킨 취재이기는 했지만 괜히 사무실에서 못 볼 꼴 보고 언성만 높이느니 한 일주일 푹 쉬면서 놀다 가는 것도 나쁘지만은 않을 것이다. 게다가 홍 기자라는 사람이랑 통화하고 보니, 괜스레 호승심이 일었다. 시골 노인들 구워삶는 거야 뭐, 일도 아니지. 민기는 가속페달을 힘차게 밟았다.

2

마을로 내려간 서삼은 일단 시장의 동태를 살폈다. 다른 것보다 우선 필요한 것이 호패*였다. 일전에 두호라는 호패를 썼었지만 결국 김 첨지에게 들키면서 잃어버렸기에 새로 하나 구해야 했다. 애비가 나섰다던 농민운동의 영향인지 호시탐탐 바다를 건너려는 왜놈들 때문인지 정국은 매우 혼란스러웠다. 이런 시기에 다른 무엇보다 크게 흔들리는 것은 바로 관아다. 금가락지 하나 정도면 호패 하나 사는 데 큰 문제는 없었다.

김휘문. 그렇게 새 신분을 장만한 서삼은 일단 보석 하나를 처분해 시장 거리 가까운 곳에 폐가를 하나 사들였다. 목수를 고용해 집을 고치는 동안 서삼은 예전 석공을 만났던 주막에서 숙식을 해결하며 시장 상황을 살폈다. 그 석공을 두어 번 더 만나 탁주를 대접하며 이야기를 나눠봤지만 일영이나 선암사를 찾았던 이들에 대한 다른 이야기는 들을 수 없었다.

일단 쫓기지 않는다는 사실에는 안도했지만 이제 도둑질을 생업으로 삼을 수 없게 된 서삼은 살 방도를 찾아보려 시장을 돌아보기 시작했다. 여기저기 기웃거리던 서삼의 눈에 자꾸 그 하얀 기운이 눈에 띄었다. 그것은 불규칙하게 물건들에서 피어오르듯 나타나기도 했고 가끔은 사람의 몸에서 언뜻언뜻 비치기도 했다.

---

* 조선시대 신분증.

혼

"안녕하시오. 거, 저기 있는 저 그림은 얼마요?"

시장에서도 가장 기운이 강해 보이는 그림이 서삼의 시선을 잡아끌었다. 다 해진 갓을 쓴 행색을 보니 몰락한 양반인 듯했는데 생계 때문에 집에 있는 물건을 팔고 있는 듯했다.

"두, 두 냥, 아, 아니 석 냥이오."

"내 석 냥에 사리다."

순순히 값을 지불한 서삼은 주막에 돌아와 그림을 찬찬히 들여다보았다. 젊은 사내가 모시옷을 무릎까지 걷어붙이고 쪼그리고 앉아 악기처럼 보이는 것을 부르는 그림이었는데 왼편에는 붓과 벼루, 종이가 놓여 있고 오른쪽으로는 술병과 술잔이 놓여 있었다. 그리고 오른쪽 위로는 한자로 '단원'이라 적혀 있고 시구가 나란히 적혀 있었다.

"달빛 비치는 방 안에 생황소리가 용의 울음보다 처절하더라……."

그림을 자세히 들여다볼수록 그 기운은 더 분명해졌다. 어른거리는 안개 같던 기운은 그림을 감싸고 있었는데 그것은 마치 일영의 몸에서 흘러나왔던 그 기운과 같아 보였다.

며칠째 그림만 들여다보고 있던 서삼이 마침내 마음을 정했다.

"주모, 내 어디 좀 다녀옴세. 방값을 미리 치르고 갈 터이니 다른 이에게 방을 내어주지 말게나."

"예예. 나으리."

자신이 그렇게 두들겨 팼던 거지일 거라는 사실은 상상도 하지 못한 주모는 그저 꼬박꼬박 방세 잘 내고 웃돈도 주는 서삼에게 깍듯이 대했다. 마을에 대한 여러 정보 역시도 쥐어주는 엽전만큼 잘 물어오기도 했다.

봇짐에 보석과 그림을 챙긴 서삼은 그렇게 마을을 떠나 그 길로 마차를 타고 목포진으로 가서 한양으로 가는 배를 탔다. 굳이 시장에서 값어치도 모를 그림을 사서 이렇게 한양길에 오른 것은 다름이 아니라 그 기운에 대한 어떤 생각 때문이었다. 동굴에서 챙겨온 보석 중에서도 기운이 있는 것과 없는 것이 있었는데 딱히 안목이 없는 서삼의 눈에도 기운이 서린 보석들은 그렇지 않은 보석보다 빛이 더 영롱하고 깨끗했으며 좋아 보였다.

게다가 평생을 참선으로 지내신 일영스님의 몸에서 보았던 기운 아닌가. 그렇다면 분명 그런 기운을 띠고 있는 것은 보통 물건이 아니라 생각한 것이다. 굳이 한양길에 오른 것은 그런 서삼의 예상에 확실한 답변을 해줄 전문가를 찾아보려는 이유에서였다.

더 나아가 한양의 상인과 거래한다면 목포시에서 사람들의 안목을 벗어난 물건들을 싸게 사들여 한양에 팔아 돈을 벌 수 있을 것 같았기 때문이다. 거기다가 서삼은 일영처럼 몸에 기운이 있는 사람을 또 만나고 싶었다. 가능하다면 정체도 모를 그 무언가를 또 훔치고 싶었다.

그러려면 우선 사람을 많이 만나야 했다. 자연스럽게 많은 사람을 만나기에는 상인이 제격이었다. 일단 종잣돈이 있고 좋은 물건을 가릴 줄 아는 능력이 있으니 돈을 버는 것은 땅 짚고 헤엄치는 것과 진배없다. 소문만 난다면 집에 있는 온갖 물건을 팔기 위해 사람들이 몰려들 것이니 이만한 일이 없는 것이다.

서삼은 자신의 계획이 매우 흡족해 한양으로 향하는 내내 새어나오는 웃음을 감출 수가 없었다. 며칠 새 그의 머릿속은 한 평 남짓한 오두막에서 거대한 궁궐처럼 넓어진 것만 같았다. 그리고 그 머릿속으로는 3월 뱃전 겨울바람처럼 이리저리 생각의 광풍이 몰아치고 있었다.

3

희령의 주도로 급작스럽게 만들어진 술자리였지만 나름 화기애애했다. 다 큰 사내 둘이 데면데면할 것을 알았는지 기자라는 남자도 함께 부른 것이 유효했다. 얼마 후에 인사차 마을 어르신들을 모시고 잔치를 할 요량이었던 터라 안주는 넘치다 못해 푸지기까지 했던 데다 비슷한 또래의 남자들 셋이 모여서 술이 거나하게 취하자 어느새 형님, 동생하는 사이가 되어 있었다.

역시나 두식이 최연장자였지만 예상외로 진우와 나이차는 네 살밖에 나질 않았다. 진우보다 두 살 아래라던 민기는 기자라더니 사람을 많이 만나는 직업이라 그런지 붙임성 좋게 큰형님, 작은형님 하면서 분위기를 주도해 나갔다.

"와, 그래서 형님은 자식을 위해서! 부와 명예를 버리고! 귀촌하셨다 이거네요? 캬, 꼬맹이도 이런 부모의 결단을 알아야 하는데!"

지호는 차고 넘치게 알고 있지. 진우는 그저 허허 웃었다.

"흐흐흐. 끅! 나도, 끅! 아만 있어두, 끅!"

"아이고, 큰형님은 술이 약하시네. 댁에 모셔다드려야 되나, 어쩌나."

두식은 정말 술이 약한 모양이었다. 몇 잔 만에 얼굴이 벌게져서는 자꾸 진우가 부럽다는 말만 반복하고 있었다. 처음에는 웃으며 손사래를 치던 진우였지만 계속 반복되는 말에 지친 기색을 보였다. 민기 역시 살짝 짜증이 묻은 말투로 그만하시라고 핀잔을 줬다. 민기의 말이 촉발제가 된 것일까. 두식이 갑자기 큰소리를 냈다.

"니깟 것들이, 끅! 뭐, 다 아는 거 같아? 나도 허인 어르신이 조금만 있으면, 끅! 니들이 무시할 사람이, 끄억!"

"어머, 두식이 아저씨가 많이 취하셨나 보네요. 제가 모셔다드리고 올게요."

소란이 일자 먼저 잔다던 희령이 갑자기 모습을 드러냈다. 그러고는 두식의 말이 채 끝나기도 전에 그를 자리에서 일으켜 세웠다. 덩치가 두 배는 차이나 보이는 희령이 어떻게 부축해서 가려나 싶어 진우가 자리에서 일어나려던 찰나였다. 희령이 두식의 귓가에 무어라 속삭이자 그는 마치 끈 달린 인형이라도 된 듯, 꼿꼿한 모습으로 황급히 희령을 따라나섰다.

"형님, 허인 어르신이라는 사람 아세요?"

두식만큼은 아니었지만 꽤나 술에 취한 듯 보였던 민기는 희령과 두식이 현관을 나서자마자 정색하며 진우에게 물어왔다. 희령이 사라진 현관을 눈으로 좇던 진우는 그의 갑작스러운 태도 변화에 내심 당황했지만 티는 내지 않았다.

"아니. 나도 이제 이사 왔는데 무슨."

"그래요……."

뭔가 골똘히 생각하는 듯하던 민기가 이내 자리에서 일어섰다.

"아이고, 두식이 형님도 가시고. 저도 이만 일어나렵니다. 내일 또 열심히 취재를 해야죠. 형님도 푹 쉬세요."

술자리는 그렇게 갑작스레 끝나버렸다.

4

진우의 집은 전형적인 붉은 벽돌의 이층집이었다. 집 주변으로는 말발굽 모양의 돌담이 허리춤 정도로 낮게 쌓여 있었다. 입구가 넓게 만들어졌고 우편함만 하나 서 있을 뿐, 대문이 없었다. 마당엔 전체적으로 잔디가 심겨 있었는데 오른쪽엔 주차용인지 일부 포장이 되어 있었다.

내부는 지금 사는 아파트와 다름없이 세련되게 인테리어를 하였지만 외부는 일부러 손을 대지 않은 것인지 세월의 흔적이 그대로 느껴졌다. 벽돌의 군데군데 검은 이끼가 끼어서 검붉은 빛을 띠고 있었는데 벽을 타고 올라간 담쟁이넝쿨이 말라비틀어져 어두운 감을 더했지만 낙엽 진 잎사귀들이 바람에 흔들려 운치는 좋았다.

1층엔 넓은 거실과 안방, 주방이, 2층에는 지호의 공부방과 서재가 있었다. 서재에 대한 로망이 있는 진우였기에 어떻게 꾸미면 좋을지 설레는 마음을 안고 있었으나 이미 지호가 공부할 것들로 채워 넣은 모양인지 서재는 사면이 빽빽하게 교육 서적으로 들어차 있었다. 심지어 진우가 보는 의학 서적까지 있었다.

"이사 오셨는갑서."

마당에서 지호의 자전거를 잡아주고 있을 때였다. 어떤 노인이 지나가다 오토바이를 세우고는 말을 걸어왔다. 노인은 앞머리가 살짝 벗어져 있었고 머리를 둘러 하얀 머리가 너저분하게 길어 어깨에도 닿을 듯했다. 진우는 왠지 꺼려지는 모습에 잠시 망설였지만 주민이 열 손가락 안에 들 정도로 적으니 가급적이면 두루두루 잘 지내는 게 좋다던 희령의 말이 생각나 얼른 미소를 챙기고 대답했다.

"예, 어르신. 엊그제 이사 왔습니다. 경황이 없어서 아직 인사는 못 드리고 있네요. 지호야, 너도 인사드려야지?"

"네! 안녕하세요, 할아버지!"

집 마당에서 아이 자전거나 잡아주면서 경황이 없다고 하기에는 낯이 부끄럽긴 했지만 곧바로 인사를 건네지 않은 데 대해 그렇게라도 핑계를 대는 게 좋을 듯싶어 일단 둘러댔다. 아무래도 옛날 사람들이라 예의범절에 더 극성일 테니. 안 그래도 희령의 성화에 못 이겨 다음 주 중으로는 조촐하게나마 동네잔치까지 할 예정이었다.

"오냐. 아들인가? 아주 총명하게 생겼구만."

노인의 시선이 지호에게 한참을 머물렀다. 긴 시간은 아니었지만 대화가 끊겼는데도 노인이 지호만 유심히 쳐다보자 진우는 불편함을 느꼈다.

"예. 감사합니다. 아닌 게 아니라 다음 주쯤 인사도 드릴 겸 약소하게 식사 자리를 마련하려고 하는데요. 아마 저희 집사람이 이장님과 이야기는 했다고 합니다. 그럼 그때……."

"어이. 내가 이장이네. 알았네. 그때 보세."

아차. 그럴싸한 핑계를 대느라 이장을 들먹였는데 당사자가 코앞에 있었다니. 희령에게 이야기라도 좀 더 들을걸 하는 후회가 들었다. 아무래도 이런 시골마을에서는 이장이면 그래도 꽤 발언력이 있을 터인데. 진우는 괜한 말을 덧붙여 미운털이 박힌 것은 아닌지 걱정이 되었다. 게다가 지호

를 바라보던 그 눈빛. 무어라 형용하긴 어려웠지만 이장의 눈빛이 계속해
서 그의 마음 한 구석을 찜찜하게 긁었다.

5

"에라이!"

민기는 또 다른 집을 나서며 침을 뱉었다. 아직 어제의 술기운이 남아 있는지 마른 침이 턱에 묻어 슥 닦아냈다. 어제 후배의 전화를 받은 뒤에 사실을 확인하려 마을 주민들을 차례로 인터뷰하는 중이었지만 누구도 쉬이 응해주질 않았다. 그렇다고 다짜고짜 길 가는 사람을 붙잡고 허인이라는 사람을 아느냐고 물을 수도 없었다. 뭔가 구린내가 났다.

"두식이 형님이 알기는 아는 것 같은데……."

아무리 머리를 굴려봐도 일단은 인터뷰가 우선이다. 술에 취해 말실수를 한 두식을 좀 더 캐보면 뭔가 실마리를 잡을 것 같기도 한데, 그러려면 어느 정도 정보를 갖고 들이밀어야 한다. 그런데 인터뷰가 영 진전이 없었다. 이 늙은이들은 아마 저승사자도 정나미가 떨어져서 안 데려가는 것이 확실하다고 민기는 추측했다. 벌써 이 마을에 들어온 지 3일째였다. 그런데 반겨주는 마을 어르신이 단 한 명도 없었다.

민기가 이런 시골마을을 하루 이틀 다닌 것이 아니다. 요즘에야 기레기 소리를 듣는다고 하지만 아직 시골 어르신들에게만큼은 기자라고 명함을 내밀면 반겨주는 것이 통상적이었다. 시골 어르신들이 인터넷을 하겠는가, SNS를 하겠는가. 하소연할 데 없고 말할 곳 없는 노인들에게 신문기자라고 하면 마치 임금님께 상소해주는 신문고 같은 대우를 받았다.

본인 집 앞 배수로가 좁다는 둥, 지붕에 비가 줄줄 새는데 군청에 신고했더니 안 해준다는 둥, 마을 앞 정자의 유리가 깨져서 손가락을 베였다는 둥……. 자신 자식들에게는 걱정할까 봐 입도 뻥끗 못하는 자질구레한 일들을 구구절절 늘어놓기가 일쑤였다. 그래서 이런 시골마을 취재는 하루가 늘 짧았다. 그리고 그때마다 감자며 옥수수며 하다못해 커피믹스라도 마치 빚졌다는 듯이 내어오는 통에 종일 배가 꺼질 일이 없었다.

그런데 장수마을에서의 하루는 다른 의미에서 짧았다. 주민들, 그러니까 장수마을 노인네들의 말이 너무 짧은 것이다. 일단 인터뷰를 진행하려고 하면 대부분 대답이 짧거나 인터뷰 자체를 거절해버렸다. 보통 이런 시골마을은 신문에 나고 유명해지는 것을 마을의 명예라고 생각하기도 해서 이런 인터뷰에 대부분 적극적인 편인데 이곳 사람들은 마치 마을에서 살인사건이나 난 듯이 절레절레 고개를 흔들어댔다.

기자 생활을 하면서 봐온 인간들은 대부분 그런 종류였다. 사람들이 왜 드라마에 열광하며 소설을 읽고 인터넷 신문 기사에 댓글을 달아대는가. 그것은 그저, 그 '자신들의' 이야기가 아니기 때문이다. 내가 주인공이 아닌, 심지어 조연도 아닌 상태에서 타인의 삶을 구경하는 것만큼 흥미진진한 유희거리는 없기 때문이다. 그래서 본인 동네에 어떤 추악한 소문이 나든 말든 기자가 취재하러 오면 묻지 않은 적나라한 이야기까지 꺼내주는 것이다. 마치 반가운 손님에게 집에서 가장 맛있는 다과거리를 꺼내주는 것처럼 말이다.

그런데 이 마을 사람들은 요즘 같은 백세시대, 웰빙시대에 모두의 부러움과 관심을 받을 수 있을 일에 대해서 소문나면 안 되는 비밀이라도 되는 듯이 쉬쉬거리는 것이다.

"좋아! 좋지! 시답잖은 기획 기사보다야 뭔가 꿍꿍이가 있는 편이 좋지, 암!"

민기는 가라앉는 흥을 다시 북돋우려 힘을 주어 말했다.

그다음으로 찾아 나선 곳은 면사무소였다. 관공서를 제 집 드나들 듯해야 하는 게 지역신문 기자의 숙명이었지만 민기는 이게 영 달갑지 않았다. 언론에 보도되는 게 여러모로 좋은 일이긴 했지만 꽤 귀찮고 번거로운 일이 수반되었기에 관공서에서는 기자라고 하면 귀하게 대접하면서도 영 불편해했다. 그런 속마음이 뻔히 보이는 까닭에 민기는 관공서에 방문하는 걸 꺼리는 편이었다. 물론 이 부장처럼 그런 대접을 좋아하는 인간도 있기는 하지만.

어쨌든 뭔가 민기의 촉을 간질간질 건드리고 있었다. 처음에는 그저 술집도 없는 이런 시골마을에 '장수'라는, 20세기 말에나 흥했던 소재로 취재를 왔다는 사실에 짜증이 너무 심하게 났었다. 그런데 아무래도 짜증이 민기의 탁월한 감을 가리고 있었던 듯했다. 이 마을에 머무르며 점차 뭔가 기이한 느낌이 들기 시작했다. 마을 이름부터가 묘하지 않냐 말이다.

6

"아이고, 안녕하십니까."

"네, 안녕하십니까! 무슨 일로 오셨어요?"

딱 봐도 이제 초임지에 발령받은 신규 공무원이었다. 남색의 정장은 새로 산 듯 반들반들했고 분명 신뢰의 색이란 소리에 골랐을 파란색 넥타이가 살랑거렸다. 고개를 어찌나 깍듯이 굽히는지 민기가 다 민망할 지경이었다. 많이 봐줘야 갓 서른쯤 됐을까. 명패에는 '주무관 이태경'이라고 적혀 있었다.

"아, 다름이 아니라 광진일보에서 나왔는데요."

민기는 소속을 밝히고 명함을 건넸다. 공손히 명함을 받아든 태경이 명함을 외울 듯 유심히 봤다.

"네. 무슨 일로 오셨을까요?"

조금 전보다 톤이 낮아진 목소리. 아무래도 관공서는 기자를 반기지 않는다. 민기도 그런 사실은 익히 알고 있지만 이런 신규 직원조차 반감을 보이다니. 입이 쓰다.

"아, 다른 게 아니고. 저기 장수마을 있잖아요? 거기 기획취재를 좀 하려고 하는데 워낙 자료가 없어서…… 기사에 첨부할 통계자료 같은 것 좀 볼 수 있을까 해서 왔는데요."

"장수마을이요? 아…… 잠시만요."

태경은 잠시 책상을 뒤적거리더니 작은 책자 하나를 꺼냈다. 정식으로 발행된 문서는 아닌 듯 출력된 종이를 찍개로 찍어둔 것이었는데 얼마나 많이 뒤적거렸는지 종이가 해져서 너덜거릴 정도였다.

"흠…… 저희가 따로 관리하는 자료는 없는데 이거라도 괜찮으세요?"

태경이 한 페이지를 펼쳐 민기가 잘 보이도록 앞으로 내밀었다. 큰 제목으로 '관내 장수마을 현황'이라고 적혀 있었고 그 아래로 유래, 인구 현황, 연령대, 장수자 명단 등의 내용이 죽 쓰여 있었다.

"아, 예. 그거면 될 것 같네요."

"네. 그럼 바로 복사해드리겠습니다."

태경은 무슨 긴급한 일이라도 처리하는 듯 전광석화처럼 자리에서 일어나 복사기로 향했다. 분명 저렇게 만든 책자는 직원들끼리만 쓰는 내부자료일 텐데. 아무래도 신규 직원이라 내부자료는 외부인에게 함부로 내어주면 안 되는 걸 모르는 모양이었다. 하긴. 자신이 저 자료로 무슨 큰일을 할 것도 아니니 문제가 발생하진 않을 터였다. 잠깐 혼나면 끝나겠지. 민기는 이것 또한 값진 경험이 될 거라며 속으로 사과하고는 자료를 받아 면사무소를 나섰다.

"엇차. 어디 한번 봐보자."

운전석에 자리 잡고 앉은 민기는 담배를 하나 빼어 물며 자료를 천천히 읽어 내려가기 시작했다.

"오…… 광복 시기에 만든 마을이야? 오래되긴 했네. 도선사라…… 스님이었나."

혼

장수마을은 광복 즈음해서 도선사라는 사람이 터를 잡고 사람들이 살수 있도록 집을 지어줬다고 쓰여 있었다. 이름만 들어서는 스님이거나 사이비에 가까워 보였는데 사람들을 도왔다고 하니 스님이지 않을까 싶었다. 광복이면 75년 전. 장수마을이니까 주민 대부분이 광복을 봤겠지. 그래봤자 매우 어렸겠지만.

그렇게 마을이 생기고 나서는 여러 유명한 인재들이 많이 나서 한때는 천재가 나는 마을로 이름나 원정 출산을 하는 경우도 꽤 있었다고 적혀 있었지만 구체적으로 기술된 인물은 없었다. 그 뒤로는 인구 현황이 이어졌는데 현재 주민등록상 거주 인원은 총 열다섯 명이었다. 하지만 그마저도 요양원 등에 가 있는 경우가 많아서 실제 마을에 거주하는 인구는 여덟 명인 것으로 되어 있었다.

특이한 것은 애초에 노인들만 있는 마을에 무슨 이유에선지 출산율이 표시되어 있었는데 그것보다 더 기묘한 것은 최근 몇 년간 출산율이 20퍼센트로 표시된 것이었다. 가구 수로는 20가구니까, 그중 두 가구에서는 아이가 태어났다는 것이다. 친정에 와서 애를 낳는 걸까? 그렇다고 하기에는 어르신들의 나이를 감안해보면 자녀들도 이미 환갑은 넘었을 것 같은데. 확실히 이상했다.

마지막은 민기가 정말 알고 싶었던 장수자 명단이었다. 위로부터 이름, 주소, 연락처 및 현재 나이가 적혀 있었는데 표 위쪽을 보니 2018년도 기준이라고 되어 있었다. 즉, 모두 다 이때보다 두 살은 더 먹었을 것이고 병원에 가 계시거나 이미 돌아가신 분도 계실 수 있다는 거였다.

"허인…… 허인…… 음? 김길수 101세, 김양수 99세. 이천자 96세. 다음이…… 으왓, XX! 깜짝이야! 아, 뜨것!"

갑자기 누군가 차 유리창을 막 두드렸다. 깜짝 놀라 담배꽁초를 떨어뜨려 몇 개 안 챙겨온 바지에 구멍이 나버렸다. 서둘러 차 문을 여느라 방금 유리창을 두드린 사람이 문에 부딪힌 게 느껴졌지만 민기는 개의치 않았다. 놀란 모습을 보인 데 대한 부끄러움과 구멍 난 바지와 데인 허벅지로 인한 분노와 떨어진 담배꽁초 때문에 불이 붙을지 모른다는 두려움이 뒤죽박죽 뒤섞여 배려심을 잠시 밀어내버린 것이다.

"아니, 왜 남의 차 문을 두드리고 그래!"

담배꽁초를 처리한 민기는 그제야 큰소리를 내며 범인을 쳐다봤다가 말끝에 숨을 골랐다. 바로 조금 전 자신에게 자료를 복사해준 태경이었다. 얼굴이 벌게진데다가 눈가도 촉촉한 것을 보니 민기가 예상한 그 삶의 가르침이 좀 일찍 찾아온 모양이었다.

살짝 미안해진 민기는 말없이 자료를 내밀었다. 아마 갖가지 돌려받아야 할 이유를 읊어내려 했던 태경의 입술이 살짝 들썩이다가 이내 안도의 한숨을 내쉬었다.

"가, 감사합니다. 이게 내부자료라서 외부로 나가면 안 된다고……."

"예, 괜히 저 때문에 죄송하게 됐네요. 고마워요."

구구절절한 이야기를 민기가 싹둑 잘라버리자 태경은 오히려 다행이라는 듯 후다닥 다시 면사무소로 들어가버렸다. 나중에 전화로 외부 유출은 금지라든지 하는 협박성 경고나 회유 정도는 있을 거라 예상했는데 이렇게 빨리 쫓아 나올 줄이야. 바로 사진을 찍어두든지 옮겨 적을걸, 하는 후회가 잠시 스쳤지만 그래도 나름대로 성과는 있었다. 유일하게 마을 출신이 아닌 사람이 한 명 있었다.

7

이장이 가고 나서 진우는 휴대전화를 꺼냈다. 점심 전에 잠깐 나갔다 온다더니 지호와 둘이 라면으로 점심을 때우고 난 뒤에도 희령은 돌아올 기미가 없었다.

"하⋯⋯ 아무리 시골이라지만 이건 너무하네. 요즘이 어떤 세상인데."

"아무래도 마을을 빙 둘러서 산이 높아서 그런 것 같아요."

지호가 자전거에서 내리더니 멀리 산등성이를 따라 시선을 돌리고는 이리저리 휴대전화를 휘두르고 있는 진우를 보고 말을 이었다.

"얼핏 봐도 실제 사는 사람은 열 명 이내일 테니까요. 이런 곳에 기지국을 세우기에는 비용 면에서 비효율적이긴 하죠."

똑부러지는 지호의 말에 진우는 휴대전화를 조금이라도 높게 쳐들어보려고 애쓰던 자기 행동이 마치 원시인처럼 느껴져서 머쓱하게 손을 내렸다.

"그런 건 나도 알거든?"

지호가 희미하게 미소 지었다. 나를 비웃는 건가. 진우는 조금 기분이 언짢기는 했지만 그래도 인터넷도 안 되는 이런 시골에서 지호와의 대화가 꽤 큰 유희 ─진우에게만 해당할 수도 있겠지만─ 가 되어준다는 사실이 다행스러웠다.

그나저나 휴대전화가 잘 안 터진다는 사실은 꽤 난감했다. 그 때문인지 집에는 요즘 보기 힘든 유선전화가 설치되어 있기는 했지만 결국 희령의 휴대전화 역시 먹통이기에 크게 쓸모는 없었다. 어차피 버스가 다닐 시간에 나선 것도 아니니 굳이 읍내에 나갔다면 유일하게 차가 있는 카센터에 들렀을 확률이 높다. 거기라도 전화를 해봐야 하나 싶어 진우가 막 집으로 들어가려던 때였다. 갑자기 웬 남자 하나가 후다닥 마당으로 뛰어들더니 그 자리에 쓰러져버렸다.

"여, 여보세요! 괜찮으세요? 어? 민기야!"

남자는 다름 아닌 민기였다. 진우가 CPR˙을 시행하려던 찰나, 민기가 오랜 잠수를 마치고 물 밖으로 나온 사람처럼 숨을 크게 들이쉬더니 그대로 정신을 잃어버렸다.

그의 맥박과 호흡을 확인한 진우는 당장 위급한 상황은 아닌 듯해 한시름 놓았다. 그래도 더 큰일이 생기기 전에 병원에 데려가야겠다고 생각한 그는 응급차를 부르기 위해 자리에서 일어났다.

"전화 연결이 안 돼요."

어느새 진우의 옆에 나란히 선 지호는 대수롭지 않은 듯한 얼굴로 중얼거렸다. 지호는 약간 실망한 기색으로 쓰러져 정신을 잃은 민기를 천천히 내려다보고 있었다.

˙   심장과 폐의 활동이 갑자기 멈추었을 때 실시하는 응급처치.

8

한양에서 열 손가락 안에 드는 대궐. 그 주인은 사람들이 '그이가 물건을 사면 가격이 오르고 그이가 물건을 팔면 가격이 떨어진다'라고 할 정도로 시장 흐름을 보는 눈이 탁월하다는 오 상단의 오상건이었다.

고위 관료나 일본, 러시아의 대사들과 만나 호통까지 치던 오상건도 일흔이 넘으니 나이가 느껴졌다. 주름과 탁해진 눈동자, 하얗다 못해 듬성듬성한 백발. 하지만 서삼의 눈에는 늙은 노인의 모습이 아닌 정갈하게 다듬어진 기운이 보였다.

"오, 이것은……."

그렇게도 정갈히 기운이 다듬어진 오상건도 서삼이 내민 그림을 보고는 자리에서 뛸 듯 놀랐다. 서삼은 확신했다. 자신이 보는 것은 바로 혼魂이다. 명인이 만든 물건에는 그 혼이 깃들어 있는 것이다.

"저같이 보는 눈이 없는 무지렁이의 눈에는 그저 잘 그린 그림일 뿐입니다. 혹여 어르신 마음에 흡족하시다면 오늘 뵌 기념으로 드리고 싶습니다만."

순간 그림에서 떨어지지 않을 듯하던 오상건의 눈이 마주 앉은 남자를 향했다. 서삼은 희미하게 웃고 있었다. 처음 그림을 볼 때 오상건의 눈에 비쳤던 욕심이 선물로 준다는 서삼의 말에 싹 사라져버린 것을 느낀 것이다.

게다가 오상건은 서삼이 그의 앞에 늘어놓은 각종 보석에도 따로 눈길을 주지 않았다. 다만 서삼이 기운을 보고 일부러 한쪽으로 나눠놓은 보석을 보고서는 고개를 살짝 끄덕였을 뿐이었다.

"자네 이름이 뭐라 하였는가."

"예. 어르신. 전라 목포에 김휘문이라 하옵니다."

"좋네. 자네의 눈을 보아하니 그저 장사치로 끝날 눈이 아니구만. 나와 거래를 하고 싶다고?"

독대할 때까지 찾아온 이유를 밝히지 않았던 서삼은 직접 오상건의 기운을 보고는 결정을 내렸다.

"예, 어르신. 항상 물건은 어르신의 마음에 흡족한 것들로만 필히 올리겠사옵니다."

이미 서삼이 가져온 보석들과 그림을 본 오상건은 마음을 정한 듯했다.

"좋네. 내가 그림이나 보석보다 더 잘 보는 게 있다면 그것이 사람이지. 여봐라, 인이를 들라 해라."

밖으로 명을 내린 오상건은 그림을 다시 유심히 보다가 말을 이었다. 처음엔 호기심으로 시작해서 호탕함을 거쳐 어느덧 다정함이 묻어났다.

"자네, 이 그림의 가치가 얼마인 줄 아는가."

"말씀드렸다시피 문외한인지라 모르옵니다."

"그러면서 선물로 준단 말인가."

"돈보다 값진 것도 있는 법이지요. 어르신도 아시지 않습니까. 허허."

"그러한가? 허허허."

호탕하게 웃는 오상건의 눈에는 그림이 아니라 다른 것에 대한 욕심이 떠올랐다.

혼

"자네가 가져온 이 모든 보석을 합쳐도 이 그림 한 장의 값어치가 안 될 것이네. 이 그림은 바로 단원 선생의 그림이네. 진품이 확실해. 대체 이 그림은 어디서 구한 겐가."

"저도 문외한이지만 저보다 더 눈이 어두운 사람도 있게 마련이지요."

"그렇지, 암. 보는 눈이 없는 자는 장사를 할 자격이 없지."

그때 방 밖에서 앳된 목소리가 들려왔다.

"어르신. 허인이옵니다."

"들어오거라."

방 안으로 머리를 곱게 뒤로 묶은 소년이 고개를 숙이고 들어왔다. 정갈하게 정리된 머리가 소년의 심성을 보여주는 듯했지만 서삼이 본 것은 그 가슴에 또렷이 뭉쳐 있는 강한 기운이었다. 오상건이야 오랜 세월 스스로 갈고 닦은 바가 있어 저렇게 강한 기운을 갖게 되었겠지만 이제 약관이나 됐을까 싶은 어린 소년에게서 저렇게 강한 기운이 보이다니.

"내가 데리고 있는 아이인데 양자로 삼고 싶을 만큼 영특하고 강직한 아이일세. 앞으로 나와 일을 하는 데 큰 도움이 될 터이니 데려가도록 하게나."

오상건이 양자라는 말까지 꺼내는 것을 보고 서삼은 자신이 보는 기운에 대한 확신을 다시 한번 다졌다.

"인사드리거라. 앞으로 목포에서 우리 상단과 거래할 휘문 선생이시다."

"허인이라 하였는가. 김휘문이라 하네. 잘 부탁하네."

서삼이 담백하게 인사말을 건넸다. 소년은 엎드린 채로 몸만 좌로 틀어 서삼에게 인사를 올렸다.

"아닙니다. 어르신. 송구하옵니다."

그런 둘의 모습을 오상건이 흡족한 얼굴로 지켜봤다.

"이 그림을 보여주면 10만 원이라도 당장 사갈 놈들이 줄을 설 것이야. 나 오상건이, 그래도 조선에서 돈 좀 굴린다고는 하나 당장 10만 원은 마련할 수 없으니 일단 3만 원과 어음을 끊어 줌세. 괜찮겠는가."

"예, 어르신. 저는 상관없습니다. 그저 앞으로 저와 연을 맺어주신다면 그로 만족합니다."

"허허. 장사치가 너무 물욕이 없어도 안 된다네."

한 번 더 호탕하게 웃은 오상건은 바로 허인에게 시켜 3만 원과 어음, 그리고 떠날 짐을 싸라고 이르고 서삼에게는 사랑채를 내어주며 마음껏 쉬고 갈 수 있도록 배려해주었다. 원래 계획은 한시라도 빨리 목포로 돌아가는 것이었지만 거래처와 심복을 얻었다는 사실에 안도한 서삼은 며칠 쉬어가기로 결정했다. 그리고 이때의 결정이 서삼의 인생을 뒤흔들어놓았다.

9

　그 무리는 여느 시골마을의 그것과 닮았다. 한때 수많은 노동력을 품고
기르고 죽음까지 안아줬던 진회색 슬레이트 지붕처럼 이제는 낡고 해져 생
기를 잃어버린 폐가. 옹기종기 모여 있지만 상호 간에 그 어떤 유대도 없어
보이는, 차갑디 차가운. 그런 흔한 시골마을의 풍경이 마을회관 앞에 늘어
져 있었다. 작지만 거대한 생명의 시작을 품고 있던 유모차들은 이제 종막
만을 품고 사는 그 노인네들의 마지막 버팀목이 되어 있었고 그 버팀목에
기대어 사는 노인들이 모인 마을회관에는 적막이 흐르고 있었다.

　"금정댁은 무슨 쓰잘데기 없는 소릴 그라고 한다요."

　월남댁이 다급하게 한마디 껴들었다. 아마 이 마을 노인 중에서 가장 멀
리 시집 온 양반일 것이다. 올해 나이가 이제 여든을 넘었다던가. 장수마을
이라는 명성에 걸맞게 그나마 젊은 편에 속하는 월남댁이었다. 키도 작고
왜소한 몸이지만 강단이 있게 생겼다.

　그런 월남댁도 사람들의 이야기엔 섣불리 끼어들지는 않았다. 나이도
나이였지만 이 마을 출신이 아니었기에 상당히 위축될 수밖에 없었다. 그
런데도 옹골지게 다문 작은 입이 이렇게 열린 것은 그럴만한 연유가 있을
법했기에 다른 사람들도 탓하지 않았다.

　"아니, 그것이 아니제. 아닌 것은 아니여."

　금정댁은 단호하게 말을 끊어냈다. 여기에 모인 사람들 중에서 세월의

굳은 줄 하나 얼굴에 새기지 않은 사람이 없었지만 금정댁의 그것은 조금 더 깊거니와 진했다. 금정댁은 옛말로 기골이 장대했다. 물론 나이가 들어 허리가 굽고 근육이 사그라든 여파는 숨기기 어려웠지만 젊었을 때라면 웬만한 장정은 거뜬히 들어 올렸을만했다.

"으째 그란당가. 그만하소."

처음부터 잠자코 듣고만 있던 평동양반이 나지막이 읊조렸다. 누구에게 하는 말이라기에는 목소리가 작았지만 혼잣말이라고 하기에는 여기 있는 모두가 또렷이 들었다. 그는 마을에서 '어르신들'의 집단에 속하는 세 명 중 한 명이었다. 마을을 세울 때 손을 거들었던 인물이다. 훤칠한 키에 젊었을 적에는 여럿 울렸을 법한 미남이었지만 역시 세월의 손길을 벗어날 수는 없었는지 얼굴 여기저기 검버섯이 피었다.

"아니, 그것이……."

"그만하잔 말이오! 징하지도 않소? 나는 백 번이고 만 번이고 이해하요. 희령이한테 우리가 그러믄 안 되는 거여라! 나는 집에 갈라!"

월남댁이 포기하지 않고 계속 말을 이어가려 하자 결국 금정댁의 입에서 서슬 퍼런 말이 튀어나왔다.

금정댁은 마을에서 여자 중에는 제일 나이가 많았다. 마을을 세운 직후 이 마을로 시집을 와서 거의 마을의 역사를 모두 지켜본 사람이기도 했다. 물론, 여기 앉은 사람 중에 누구 하나 마을의 역사를 함께 하지 않은 이가 있겠냐만 자식을 넷이나 낳고, 한 명도 안아보지 못한 그 희생은 그 누구도 무시할 수 없는 것이다. 그분이라 할지라도.

금정댁은 일어서려 바닥을 짚은 왼손을 거쳐 오른 무릎을 버틴 오른손에 이어 회관 문을 차례로 훑고는 뒤도 돌아보질 않고 방을 나가버렸다. 화가 난 것일까. 하지만 화가 났다고 하기에는 금정댁의 시선은 방 안 그 누구에게도 머물지 않았다. 화가 났다손 치더라도 여기 있는 사람은 아닌 모양이다.

회관 안에는 잠시 침묵이 흘렀다. 아무도 말을 이어가고 싶지 않았거나 이어갈 말이 없었을지도 모른다. 결국은 침묵을 자초한 자가 침묵을 깰 수밖에 없었다.

"자그마치 6년이요. 다 잊었소? 희령이 고년은 우리 것만 쏙 빼먹고 토낀 년이어라!"

월남댁은 분하다는 듯 말을 내뱉고는 한숨을 땅이 꺼져라 내쉬었다. 마치 말을 내뱉음으로써 6년을 금세 늙어버린 듯 얼굴이 어두워졌다. 평동양반의 얼굴에도 여기저기 검버섯이 피었지만 월남댁은 더욱 진했다. 그것은 죽음의 화장化粧이었다. 얼굴뿐만 아니라 분명 옷 속 가려진 그 육신 구석구석에도 진하게 피었을 죽음의 꽃. 아주 조금의 악취도 없이 썩어 들어가는 듯 검은 흔적들이 월남댁의 지척에 죽음이 와 있음을 알려주는 듯했다.

"월남댁 말이 맞기는 맞제. 안 그래요? 뭐, 우리만 좋자는 일이난 말이요."

작은 평동양반이 말을 받았다. 평동양반의 동생으로 두 살 터울 아래인데 형제 사이가 그렇게 좋지는 않은 편이었다. 서로 소 닭 보듯 하며 데면데면하게 지내더니만 이번에는 그 불문율마저 깨버리기로 한 듯했다.

"거, 우리가 뭐 남이요. 우리 중에 그거 모르는 사람이 어디 있고 안 참은 사람이 어디 있소."

내내 침묵을 지키던 이장이 한마디 꺼냈다. 대외적으로 이장이라는 직함을 갖고 있기는 하지만 주도적으로 나서지는 않았다. 애초에 마을은 원년 멤버들이 이끌어가는 것이었고 이장은 그저 외부로 드러나는 허수아비일 뿐이었다. 하지만 이 순간만큼은 그의 말에 무게가 실렸다. 몇 해 전 안 사람을 잃었던 것이다. 아마도 가장 인고의 시간을 보낸 사람은 바로 이장일 것이다. 슬픔이 묻어나는 그의 마지막 말에 누구도 쉽사리 입을 열 수 없었다.

"애시당초 우리가 이렇게 사는 것이 누구 덕이요, 누구 안배난 말이오. 그분 가시면 어차피 다 돼도 안 할 일이여."

"덕흉이 말이 맞네."

가장 상석에 앉아 굳은 얼굴로 그저 상황을 지켜만 보던 노인이 입을 열었다. 그러자 모두 기다렸단 듯이 그 입만을 쳐다봤다.

노인의 수염은 말끔히 깎여 있었고 짧은 백발은 단정히 이마부터 뒤로 넘겨서 기름을 바른 듯 번들거렸다. 그는 하얀색 개량한복을 입고 있었는데 티 하나 없어 눈이 부실 지경이었다. 장내를 훑듯이 천천히 둘러보는 노인은 한 명 한 명 눈을 마주쳤다. 이 세상 것이 아닌 듯 깊고 검은 눈이었다.

그저 모두 가만히 노인의 다음 말을 기다리고 있었다. 이제 방 안의 분위기는 너무 무거워져 몸을 숙이지 못하고는 견디지 못할 지경이었다.

"허인 어른. 말씀 주십쇼."

결국은 이장이 먼저 엎드렸다. 그리고 그런 이장을 따라 모두 일제히 바닥에 엎드렸다. 얼핏 봐도 평균 연령이 아흔 살은 되어 보이는 이들이 다른 노인에게 납작 엎드리는 광경은 참 기이했다. 세월의 힘이란 사람 간에 격을 없앤다. 특히나 죽음을 목전에 둔 사람 사이에는 몇 년의 세월의 흔적은 크게 신경 쓸 문제가 아니다. 그런 의미에서 백 살에 가까운 노인들이 다른 노인에게 오체투지*에 가까운 모습을 보인 것은 상당히 부자연스러웠다.

---

* 불교에서 행하는 큰절의 형태.

"어허, 일어들 나시게. 이제 같이 죽어가는 처지 아닌가. 어허, 어서."

일어나라고 했음에도 누구도 몸을 일으킬 생각을 하지 않자 다시 한번 재촉한 허인은 잠시 말을 멈추고 침묵이 흐르도록 내버려두었다. 침묵이 계속되자 마치 사냥꾼을 피해 있던 먹잇감들이 동태를 살피듯 하나둘 눈치를 보고 몸을 세우기 시작했다.

"내 자네들의 마음은 잘 아네. 덕휼이의 마음은 또 어떻겠는가. 우리는 아직 떠나보낼 준비도, 떠날 준비도 안 되어 있네. 처음부터 이치를 벗어나서는 안 되는 것이었으나……."

허인은 다시 한번 모두의 눈을 쭉 마주쳤다. 눈빛에는 짙은 회한과 안타까움이 묻어났다.

"상황이 쉽지 않은 것은 사실이네. 그리하여 이러한 방도를 도선사님께서 마련하신 것이고, 덕휼이 말처럼 그분이 세운 계획이네. 그 계획이 이제 우리 눈앞에 실현되기 직전인데 굳이 경거망동할 필요는 없네. 조금만 더 자중하세나."

말을 마친 허인의 눈길은 월남댁에게 가 머물렀다. 뭔가 단호한 듯했지만 애처로운 듯한 동정의 느낌도 있었다. 아무래도 월남댁에게서 흘러나오는 그 냄새, 아무리 둔감한 사람이라도 쉬이 예감할 수 있는 죽음의 향기가 안타까운 것이었다.

월남댁은 굳게 입을 다물었다. 아무리 드센 그녀라고 하더라도 허인에게 대들 수는 없는 일이었다. 그는 그분의 심복이었다.

10

6년 전. 장수마을로 향하는 버스에 몸을 실은 희령은 복잡한 얼굴로 차
창 밖을 내다보았다.

희령이 기억하는 유년은 '방랑'이라는 단어로 설명되었다. 애초에 부모
가 없었는지, 아니면 버림받았는지도 모른다. 두어 번 입양 비슷한 것이 되
기도 했던 것 같은데 그때마다 몸이 약하다든지 똑똑해 보이지 않는다든지
하는 갖가지 이유들로 번번이 파양 당했다.

열 살 즈음. 자꾸 버림받는 것이 싫어 무작정 고아원을 뛰쳐나왔다. 거리
에서 생활하다 보니 불량한 것들에게 몹쓸 짓을 당할 뻔하기도 여러 번이었
다. 그날도 아마 비슷한 일을 겪을 뻔했던가. 정신없이 도망치다 당도한 곳
이 장수마을이었다.

마을은 온통 노인들뿐이었다. 또래 친구 하나 없는 동네. 스산함마저 자
아내는 고요한 풍경들, 노인들의 움직임과 말소리가 하도 느릿해 시간마저
멈춰 있는 듯한 곳. 하지만 그들의 환대와 관심에 희령은 난생 처음으로 행
복을 느꼈다.

그 행복감에 취해 있기 때문이었을까. 그때는 미처 그 노인들의 눈빛에
담긴 탐욕을 알아채지 못했다. 차라리 길거리에서 몹쓸 짓을 당하고 죽는
게 더 나았을지도 모른다.

아냐. 미안해, 아가.

혼

168

희령은 아직 두드러지지 않은 배를 다정한 손길로 쓰다듬었다. 그랬다면 이 아이들을 만나지도 못했을 텐데.

나는 너희를 저버리지 않을 거야. 절대. 내가 꼭 지켜줄게.

그녀의 간절한 목소리를 듣지 못한 건지 배에서는 아무런 움직임도 느낄 수가 없었다. 내가 지은 죄는 내 것으로 끝내야 한다. 그들과의 인연을, 이 죄의 굴레를 끊어야 배 속의 아이들을 지킬 수 있다.

하지만 그건 희령의 착각이었다. 임신 사실을 안 이후로 그들과의 끈을 모조리 잘라냈음에도 두 아이 중 한 아이의 숨이 희미하다는 사실을 안 희령은 하늘이 무너지는 듯한 기분을 느꼈다.

정녕 이 아이를 살릴 방법은 그 인연의 끈뿐인가…….

자식을 잃게 될 지경에 놓인 어미에게 별다른 수는 없었다. 아이를 살릴 수만 있다면 그 끈이 가시끈이라도 잡아야 했다.

희령은 옆자리에서 잠든 아이를 물끄러미 바라보다 앙증맞은 손을 꼭 잡았다. 대여섯 살쯤 되었을까 싶은 아이는 잠깐 뒤척이는가 싶더니 이내 희령의 손을 마주 잡았다.

미안해. 미안하다.

다시 차창으로 고개를 돌린 희령의 눈가에 눈물이 흘러내렸다.

갑자기 잠적하다시피 했던 희령의 등장에 몇몇은 분노했지만 탐스러운 선물을 들고 온 이를 내칠 수는 없는 법. 게다가 도선사 어른이 나서서 희령을 환대하자 마을 사람들도 결국 그에 따를 수밖에 없었다.

"어르신, 죄송합니다. 한 번만 용서하시고 도와주세요. 제발……."

희령은 바닥에 엎드려 흐느껴 울며 죄를 빌었다. 하지만 무슨 죄를 누구에게 빌어야 하는지 알 수 없었다. 내 죄는 어디로 갈 것인가. 아무 움직임 없는 아랫배가 다시 묵직해졌다.

의식은 오랜만이었다. 어렸을 적에 몇 번인가 의식을 받은 뒤로 희령은 따로 의식에 참여하지도, 의식의 대상이 되지도 않았다. 대부분 어르신들이 참석하는 의식이었고 어릴 때는 자기만 빼고 뭔가 하는 할아버지, 할머니가 얄미워 몰래 훔쳐보곤 했었다. 하지만 그저 지하실에서 모여서 손이나 잡고 웅얼웅얼 뭔가 외우는 모습이 재미없어 보여 그 뒤로는 혼자 놀곤 했다.

성인이 되고 몇 년 후 도선사 어른이 그녀를 불러 보육원을 해보는 것이 어떻겠느냐며 물었을 때 희령은 자신의 처지를 생각해 기회를 마련해주는 것이라 여겼다. 자신의 병을 고쳐주고 키워준 것도 모자라 대학 학비와 보육원을 마련하는 비용까지 모두 대준 마을에 어떻게든 보답하리라 마음먹은 그녀는 선뜻 그 제안을 받아들였다.

하지만 그 보답이 그런 형태일 거라고는 꿈에도 몰랐다. 희령이 보육원을 차리고 점차 자리를 잡아가자 도선사는 본격적으로 속내를 드러냈다. 그는 주기적으로 아이들을 마을로 보내달라고 했다. 처음에는 그저 마을에 활기를 불어넣기 위함이라 여겼다. 자신에게 그랬듯 아이들을 잘 돌봐주리라 여겼다. 하지만 그 아이들은 두 번 다시 만날 수 없었다.

그렇게 몇 번 아이들을 보내고 난 뒤에서야 비로소 깨달았다. 어째서 20여 년이 흐르도록 마을 어르신들이 늙지 않는지를. 아이들이 무엇을 위해서 사라진 것인지를. 그리고 단순히 자신을 위해 기도하는 거라 여겼던 그 의식의 실체를……. 하지만 이미 희령도 그 의식의 일부였고 공범이었다.

혼

운명은 언제나 예상하지 못한 곳에서 우리의 삶을 흔든다. 희령은 의식을 치른 후에 곧바로 마을과 연락을 끊었다. 희령의 바람과 달리 죗값은 결국 치러야 했지만 불행 중 다행인지 지호는 건강히, 그리고 누구보다 영특하게 잘 자라주었다.

5년이라는 시간과 사랑스러운 지호의 모습으로 상처를 잘 덮어가고 있을 때쯤 두식이 찾아왔다.

"전언이구만유. 어르신께서 직접 지호를 보셨구먼유. 마을로 오지 않으면 단명할 거라고…… 내년을 넘기기 힘들다고 하셨구만유."

전언을 남긴 두식은 가타부타 말도 없이 떠나버렸다. 희령은 망연자실한 얼굴로 한참이나 주저앉아 있었다.

결단을 내려야만 했다. 추악하지만 신비한 그 힘……. 그 힘을 지닌 도선사의 말을 쉽사리 무시할 수는 없었다. 하나 남은 아이마저 보낼 수는 없었다. 그렇게 장수마을로의 이사를 결심했다.

11

민기는 기억해뒀던 이름의 문패를 찾기 시작했다. 지금 묵고 있는 빈집도 이장님이 구해준 것이고 따로 식당도 없는 곳에서 그나마 끼니다운 끼니를 먹는 것도 가끔 이장님이 밥을 가져다줄 때뿐이었다. 하지만 이장에게 바로 묻지 않은 것은 왠지 자신을 장기판의 말처럼 대하는 것 같아서였다. 게다가 일부러 문제의 핵심에서 멀리 떨어진 곳으로만 움직이는 느낌이었다.

게다가 민기가 기거하도록 내어준 빈집은 마을에서 한눈에 내려다볼 수 있는 위치였다. 그 말은 누구든 자기 집 마당에서 쓱 쳐다보면 민기가 뭔 짓을 하는지 알아볼 수 있을 거라는 이야기다. 거기다 민기가 마을회관이든 누구의 집이든 방문하려고 하면 어느 사이엔가 이장이 오토바이를 타고 등장해서는 옆에서 한마디씩 거들었다. 당연히 협조를 좀 하라는 투는 절대아니었다. 대부분 '하기 싫다는데 왜 억지로 그러냐'라는 내용뿐이었다. 고로 이곳 출신이 아닌 강이나 할머니를 어떻게든 구워삶으려면 이장님 몰래쳐들어가야 한다는 결론이 난 것이다.

때마침 이장이 진우의 집 앞에서 이야기를 나누고 있는 틈을 타 뒷문으로 후다닥 집을 나섰다.

"정은하…… 흠. 반대쪽으로 가야 하나."

마을에는 대략 20호 정도의 집이 있었는데 그중 실제 사람이 거주하는 집은 지금까지 살펴본 바로 일곱뿐이었다. 우선 빈집이 아닌 곳을 훑으면

혼

될 터였다. 그러나 마을 왼편을 쭉 훑었지만 그가 찾아 헤매는 명패는 보이질 않았다. 만에 하나 생전 남편의 이름이 그대로 남아 있다면 낭패였다. 게다가 이장님이 언제까지 그 집에 붙어 있을지도 모르고. 민기는 발걸음을 재촉했다.

"허인! 여기가……!"

익숙한 이름을 발견한 민기가 걸음을 멈추었다. 마을 거의 꼭대기에 위치한데다 마을에 흔치 않은 두 채의 벽돌집 중 한 채였다. 명패는 무엇으로 긁어낸 듯 글씨가 흐릿했지만 분명 허인이라는 이름이었다.

민기는 후배가 들려준 이야기가 떠올랐다. 어젯밤 두식이 언급한 인물이었다. 마을 현황에도 등장하지 않는 인물.

"뭐, 별다른 기사는 없어요. 그런데 이 허인이라는 사람, 조금 묘하네요."

"뭔데?"

"혹시 선배, 《뱀파이어와의 인터뷰》라는 영화 봤어요? 그쪽 마을 관련된 사진자료들을 쭉 보는데 그 허인이라는 사람…… 사진에 계속 등장해요."

"뭐. 장수마을이니까. 오래 산 거 아냐?"

"아뇨. 그렇다고 하기에는 최소한 1980년대 이후로는 계속 같은 모습인데요? 이건 뭐, 합성도 아니고…… 게다가 선배, 음……."

"왜, 또 뭔데?"

"이게 광복 전후 일제 신문이라서 정확하진 않은데. 이 허인이라는 사람, 아동 살해로 한때 수배됐었어요."

"뭐? 아동 살해? 뭐, 소아성애자라도 되는 거야?"

"아뇨. 그런 흔적은 없는데……."

"아, 좀. 뜸들이지 말고, 말해!"

당최 질질 끄는 걸 싫어하는 민기가 소리를 빽 질렀다.

"살해당한 아이들이 최소 40명이 넘는대요…… 선배, 무슨 호러기사 취재해요? 으슬으슬한데요."

그런 것도 같다, 제길. 뭔가 간질간질 어금니가 아렸다. 좋은 느낌은 아니야. 당장이라도 허인이라는 사람을 만나보고 싶었지만 뭐라도 알아야 질문을 할 것 아닌가. 당장은 강이나 할머니의 집이 우선이었다.

그렇게 세 집을 더 지나치고서야 '강이나'라는 명패를 발견했다. 민기 기억에는 올해 나이가 여든여덟. 보통 이 나이면 병원이나 요양원 신세를 지기 마련이지만 확실히 여긴 장수마을이 맞긴 하는지 한낮이면 대부분 어르신이 바깥활동을 하느라 집을 비우곤 했다. 그렇다고 야밤에 찾아가면 반감만 더 살 뿐이니 민기로서도 방도는 없었다.

"할머님, 계세요?"

귀가 먹어 안 들릴 수도 있으니 크게 부르기는 해야겠는데 운동장보다 겨우 조금 큰 마을을 생각하자면 이장에게 들릴까 봐 소리는 못 지르겠고 이장님은 또 언제 들이닥칠지 모르니 속이 타들어가는 듯했다. 민기의 목소리가 낮게 대문 앞에서 울렸다. 그러나 역시 아무런 대꾸도, 인기척도 없었다.

"할머니?"

다시 한번 할머니를 부르던 민기는 어디선가 들려오는 오토바이 소리에 깜짝 놀라 대문 안으로 들어서고 말았다. 안으로 열린 양철문 틈바구니에 숨어든 민기는 죄 지은 것도 없는데 이게 무슨 짓인가 싶어 한 걸음 나서려다가 가까워진 오토바이 소리에 몸을 낮췄다.

숨죽인 채 몸을 숨긴 민기의 시선이 집에 머물렀다. 옛날 초가집을 조금 개량만 한 듯 시멘트가 군데군데 떨어진 곳에는 지푸라기가 섞인 흙벽이 드러나 있었고 긴 세월 사람에게 밟히고 밟힌 마루는 반들반들 갈색보다는 검정에 가까웠다. 그 마루 너머에는 정면과 오른쪽에 창호문이 있었는데 여기저기 찢어지고 뚫려서 아마 비닐을 덧댄 듯했다. 오른쪽 문은 굳게 닫혀 밖에서 고리가 걸려 있었는데 안방으로 보이는 창호문은 사람이 드나들 정도로 열려 안이 설핏 보였다.

"흡!"

민기의 눈동자가 마치 방 안을 확대하려는 듯 급격히 커졌다. 사람의 눈이다. 어두운 방 안에서 유별나게 반짝이는 두 눈동자가 민기의 두 눈과 맞서듯 부딪혀왔다. 순간 이를 어떻게 설명해야 하나 고민했다. 허락도 없이 집 안에 들어온 모양새가 되어버렸다. 어떻게든 구슬려서 이상한 마을의 분위기를 캐야 하는데 시작이 좋질 않다. 하지만 집 안을 뒤진 것도 아니고 —그럴 마음이 아예 없었던 것도 아니긴 하지만— 대문도 열려 있었다. 주거침입죄 따위를 입에 올릴만한 양반들도 아니니 괜찮을 것이다.

그 순간 부아앙 소리와 함께 오토바이가 다시금 대문 앞을 다시금 스쳐 지나갔다.

"안녕하……."

이장님도 지나갔으니 이제 한시름 내려놓고 인사를 건네며 말을 붙여보려던 민기는 흠칫 온몸이 굳어버렸다. 조금 전부터 지금까지 민기를 쳐다보고 있는 그 두 눈동자는 전혀 움직임이 없었다. 쫙 소름이 돋으면서 마치 집이 성큼 민기의 코앞으로 다가온 듯했다. 그제야 두 눈동자 한 뼘 아래 노인의 주름진 목젖 위로 문신처럼 둘러진 초록색 노끈이 보였다. 그리고 그 뒤로 거대한 그림자가 아른거렸다.

　나름 기자 생활을 오래 해오며 여러 사고 현장과 범죄 현장들을 수없이 다닌 민기였지만 지금 당장 숨이 넘어가는 두 눈동자가 자신을 노려보는 상황에서는 아무런 생각도 할 수가 없었다. 휴대전화가 잘 안 터진다며 제때 배터리를 충전도 안 해둔 자신이 원망스러웠다.

　숨을 언제부터 참았는지 기억이 나질 않았다. 목울대에서 심장이 뛰었다. 턱까지 차오른 숨이 당장이라도 터질 것 같았지만 내쉴 수가 없었다. 들킬 것만 같았다. 조금씩 대문 밖으로 걸음을 옮기면서도 그 눈동자에서 눈을 뗄 수 없었다. 눈동자는 민기를 따라오고 있었다. 그 눈동자를 떨치려 대문을 나서자마자 미친 듯이 달렸다.

　이 수상한 마을에서 그나마 믿음이 가는 건 진우뿐이었다. 단숨에 진우의 집까지 달려간 민기는 마당에 서 있는 진우와 지호를 발견하고는 안도감을 느끼고는 다리에 힘이 풀리며 쓰러지고 말았다.

　"여, 여보세요! 괜찮으세요? 어? 민기야!"

　쓰러지는 찰나 황급히 뛰어오는 진우가 시야에서 까마득 멀어졌고 그의 귓가에는 아련히 오토바이 소리가 들렸다.

12

서삼이 사랑방에 머문 이튿날 밤이었다. 이틀을 머물면서 오상건의 됨 됨이를 더 확실히 느낄 수 있었다. 그는 자신의 집을 찾는 어려운 이들을 허투루 보낸 적이 없었다. 그날 밤에도 웬 여인이 대문 앞에서 목을 놓아 곡을 하는 통에 서삼도 방을 나섰다.

"저희 아이 좀! 저희 아이 좀 살려주십쇼! 쇤네는 죽어도 좋습니다! 제발!"

벌써 대문 앞에는 오상건과 허인, 그리고 하인 몇이 나와 있었는데 아무래도 상황이 심상치 않았다. 갓난아이를 등에 업고 있는 여인은 넝마라고 하기에도 과분한 천 쪼가리를 입고 있었는데 그 앞에는 예닐곱 살쯤 되어 보이는 아이가 가지런히 누워 있었다. 하인들은 흔히 있는 일인 듯 혀를 차며 오상건과 아이를 번갈아 쳐다보고 있을 뿐이었다.

"뭣들 하느냐! 어서 의원님을 모시고 오거라! 인이는 가서 옷가지와 먹을 것을 좀 준비시키거라!"

오상건이 지시를 내리자 하인 하나가 대문 밖으로 뛰쳐나갔다. 그런데 그 순간, 누워 있던 아이의 허리가 하늘로 심하게 꺾였다.

"흐억!"

아이의 가슴은 매우 불규칙적으로 오르락내리락하고 있었다. 서삼이 정신을 한데 모으고 아이의 모습을 살펴보니 보통 명치에 잘 뭉쳐 있어야 할 기운이 펄펄 끓는 물의 증기처럼 가슴 위로 스멀스멀 피어오르고 있었다.

"아가! 아가! 아이고! 어르신! 살려주십쇼!"

"어허! 이를 어찌할꼬."

늘 인간에게 가까이 있는 것은 죽음보다 생이다. 그러나 가까이 왔을 때 더욱 강렬히 느껴지는 것은 죽음이다. 살아 있기 때문에 느끼는 근본적인 두려움. 장내에 있는 모두가 아이의 죽음을 직감했다.

모두가 아이의 숨넘어가는 소리에 발만 동동 구르고 있을 때였다. 서삼은 마치 무언가에 홀린 듯 아이의 곁으로 터벅터벅 걸어갔다. 아이의 주변을 둘러싼 사람들은 아이에게 다가서는 서삼을 보고는 자리를 비켜주었다.

"휘문, 자네 의술에도 조예가 있는가?!"

물론 의술에 조예가 있을 리 없었다. 그것은 그저 도둑질을 업으로 살던 때의 버릇과 비슷했다. 물건을 탐하기 전이면 자신도 모르게 움찔거리는 손끝. 일영의 법구에서 흘러나왔던 그 기운. 그 기운이 넘실넘실 아이의 명치께에서 서삼의 투심을 불러일으키고 있었다.

서삼은 자신이 기운을 '볼 수' 있는 능력이 생겼다는 데 확신이 있었다. 그러나 한 가지, 그 기운을 훔칠 수 있는가에 대한 증거가 없었다. 그림이나 보석의 기운은 아무리 노력해도 훔칠 수 없었다. 사람이라면 다르지 않을까. 이미 일영의 기운을 취한 전적이 있으니 말이다.

그래서 의심받지 않고 사람들과 쉽게 접촉할 수 있는 기회를 만들기 위해 한양까지 온 것인데, 마침 절호의 기회가 눈앞에 펼쳐진 것이다. 그동안 악수 정도의 접촉이 없었던 것은 아니었다. 그럼에도 기운에는 아무런 영향을 미치지 못했던 터였다. 그래서 서삼이 세운 가설은 일영처럼 죽음이 지척에 이르거나 인사불성인 사람의 기운만을 훔칠 수 있다는 것이다. 도둑질과 다르지 않았다. 물건을 훔치더라도 주인이 몰라야 훔칠 수 있지 않은가.

"아니, 맥을 저리 짚는 의술이 있었나?"

서삼은 아이의 앞에 무릎을 꿇고는 양손을 아이의 명치께에 가져다댔다. 그곳이 가장 기운이 강하게 뿜어져 나오는 곳이었기 때문이었다. 하지만 곁에서 보는 오상건의 입장에서는 맥을 짚는 것처럼 보였다. 다만 그 방법이 금시초문이라는 것이 문제지만.

"흡……!"

느껴졌다! 한겨울, 막 손을 씻고 나서 바람을 손으로 느껴본 적이 있는가. 손바닥에 나 있는 손금을 따라 휘도는 바람이 물을 가져가는 대신 냉기만을 남긴다. 이윽고 손바닥이 얼얼해질 지경이 되면 손등의 열까지 훔쳐 간다. 손에 흐르는 피가 얼어버린 듯 그 흐름을 멈추고 냉기가 손등을 뚫고 모공 하나하나로 솟구쳐 나와 온 털이 곤두서는 느낌.

서삼은 일영의 기운을 훔칠 때와는 또 다른 기분을 느꼈다. 그때는 마치 잘 우려낸 차 한 잔을 마시는 느낌이었다면 지금은 얼음에서 방금 녹아 물이 된, 차디찬 냉수를 마시는 것 같았다.

하지만 그때와 같은 것이 하나 있다면 뭔지 모를 죄책감이었다. 일영은 이미 숨을 거둔 상태였고 이 아이 역시 숨이 멈췄다. 엄연히 산 자의 생명을 빼앗은 것은 아니다. 스스로 그렇게 자위했지만 축 늘어진 아이의 몸 위로 일영의 모습이 겹치면서 서삼은 그만 울음을 터트리고 말았다.

"흑, 크흑…… 운명했습니다…….

서삼의 말이 끝나기가 무섭게 여인이 혼절해버렸다. 오상건은 하인들에게 일사분란하게 지시를 내렸다.

"여봐라. 어서 운구를 준비토록 해라. 그리고 저 여인과 아이는 별채로 데리고 가서 잘 돌봐주고. 휘문, 자네도 어서 일어나 자리에 들게."

"예. 어르신."

늦은 시간이었음에도 서삼은 방금 자고 일어난 듯 힘이 넘쳤지만 애써 그런 모습을 감췄다. 조금 전 죄스러운 마음은 이미 지워진 지 오래였다. 이미 혹은 결국 죽을 사람이었다. 그런 자의 혼을 가져왔다고 해서 무슨 죄란 말인가. 서삼은 호탕하게 웃고 싶었지만 상황이 상황인지라 애써 애통한 척 굴며 처소로 들어갔다.

13

그 일이 있은 뒤 4년의 세월이 흘렀다. 서삼의 사업은 갈수록 번성했다. 이제 목포시에서 가장 큰 집이 누구의 집이냐고 물으면 누구든 김 거상의 집이라고 대답할 정도였다. 딱히 큰 집으로 위세를 떨고 싶은 마음은 없었으나 오상건의 조언을 따르기로 하여 돈을 꽤 들여 지은 저택이었다.

"돈을 부르는 것은 명예이네. 그리고 양반이 아닌 자가 명예를 얻는 법은 역시 돈이네."

그전에도 제대로 된 물건에 제대로 된 값을 쳐주는 서삼의 소문이 퍼져 많은 사람이 찾아오기는 했으나 오상건의 조언처럼 대궐이 완성되자 서삼에 대한 사람들의 신뢰와 기대는 처마지붕 높이처럼 드높아졌고 온종일 거대한 저택이 시장통처럼 사람들과 물건들로 북적였다.

'혼은 쓸수록 강해지네.'

그 뒤로 서삼은 약간의 갈증 비슷한 것을 느끼고 있었다. 그나마 다행인 것은 이 투심이 아무 때나 기승을 부리진 않는다는 것이었다. 대부분 막 죽은 사람이나 거의 혼이 나간 사람을 만났을 때만 그러했는데 그런 사람을 만나는 것이 그리 쉬운 일은 아니었다. 날이 갈수록 쌓이는 재화도 서삼을 기쁘게 하기는 했지만 이럴 줄 알았다면 조금 시간이 걸리더라도 의술을 배울 것을 그랬다는 후회도 있었다.

허나 후회해봐야 이미 늦은 일. 내 능력을 자꾸 써야 한다. 그 방도를 고민하던 서삼은 허인을 긴밀히 불러 모종의 일을 시켰다. 오상건의 곁을 떠나 온전히 서삼의 사람이 된 허인은 그의 지시가 의아했지만 두말없이 지시를 따랐다. 그저 돈만 좇는 다른 상인들과 다른 서삼의 모습에 일견 탄복한 부분도 있었고 천애고아에 근본도 모르는 자신을 살갑게 대해주는 서삼에게 정도 들었다.

그러나 계속 허인의 가슴 한 구석을 긁는 의문이 있었다. 그것은 4년 전 그날, 눈물을 쏟으면서도 치켜 올라갔던 서삼의 입꼬리였다.

14

"왁!"

외마디 비명과 함께 확 몸을 일으킨 민기는 웬 침대에 누워 있는 자신을 발견하고 잠깐 기억을 더듬었다. 속이 편한 것을 보니 회식을 하고 어딘지 모를 곳에서 잠든 것도 아닌데, 여기는 어디지. 순간 뇌리에 그 충혈된 눈동자가 떠올랐다.

"아악! 아냐, 아냐……."

민기는 머리를 양손으로 부여잡았다. 내가 살인사건의 목격자라니. 잠깐, 그런데 그 할머니가 죽은 건 맞는 건가. 그때 내가 도망치는 것이 아니라 달려들어서 구했다면 안 죽지 않았을까. 그런데 여긴 대체 어디지. 민기가 혼란에 빠져 있을 때 방문이 열리면서 진우가 들어왔다.

"민기, 자네 괜찮아? 무슨 일이야, 대체. 무슨 지병 같은 거라도 있는 거야?"

분명 비명을 듣고 좀 지난 시간이었음에도 아직 민기는 안정을 찾지 못한 모양이었다. 머리를 끌어안고는 뭔가 계속 구시렁대고 있으니. 진우가 집 구석에서 찾아낸 청진기로 진찰을 해본 바로는 호흡도 안정적이었고 심장이나 폐 쪽에 이상은 없어 보여서 일단 침대에 눕혔다. 무엇보다 당장 전화가 연결되질 않았기에 민기가 깨길 기다리는 수밖에 없었다. 깨어난 민기는 심리적으로 조금 불안한 듯하긴 했으나 일단은 멀쩡해 보였다.

"여······여기는? 형님?"

민기는 비로소 자신이 강이나 할머니의 집에서부터 쉬지 않고 달려왔던 것과 진우를 보고 정신을 잃었던 것이 기억났다.

"어, 그래. 나야. 대체 무슨 일이야?"

"형님! 빠, 빨리요!"

아직 안 죽었을지도 모른다. 단순 강도 같은 거라면 아직 숨이 붙어 있을지도 모르는 일이었다. 일단은 진우를 데리고 가야 한다.

침대에서 뛰어내린 민기는 진우의 손목을 잡고 밖으로 끌기 시작했다. 진우의 얼굴에 당황한 빛이 스쳤다. 일단 민기가 갑자기 벌떡 일어나서 자신을 끌고 달려 나가자 놀랐고 손목을 잡은 힘이 너무 세서 다시 놀랐다.

"아니, 왜 이러는 거야!"

진우는 손을 강하게 뿌리치며 거실에 멈춰 섰다. 침실문을 열고 나온 민기가 현관을 찾느라 멈칫해서 다행이지, 아니라면 계속해서 끌려갔을지도 모른다. 지호가 재미있다는 듯 둘을 번갈아 쳐다보고 있었다.

"사, 사람이 죽어요!"

민기의 외마디 외침에 잠시 둘 사이에 정적이 흘렀다. 민기는 현재 생존 여부에 대해 알 수 없는 상황인데 표현이 잘못된 것은 아닌지, '죽어가요'나 '죽을지도 몰라요' 혹은 '죽었을지도 몰라요', '죽었어요' 등의 표현 중 어느 것이 더 온건하지만 다급해 보이는지 생각하고 있었고 진우는 정말 뒤에 칼 든 강도에게 쫓기는 사람처럼 달려와서는 정신을 잃었던 민기가 사람이 죽는다는 이야길하니 민기가 혹시나 그 '죽어가는 상황'과 어떤 연관이 있는 사람이면 어떻게 해야 할지, 전화도 불통이고 차도 없는 현재 상황에서 최선은 무엇일지 생각하고 있었다.

먼저 생각을 끝낸 것은 진우였다. 그는 용수철이 튀어나가듯 부리나케 현관으로 가 신발을 갈아 신었다.

"뭐 해! 빨리 신발 신어!"

"어? 예!"

민기가 신발을 챙겨 신는 것을 확인한 진우가 다급히 문을 열어젖혔다. 그런데 그 앞에는 희령이 두 눈을 동그랗게 뜨고 서 있었다. 찰나의 시간 동안 진우는 지금 상황에 대해 어떻게 설명할지 고민했다. 또 지금 자신에게 상황을 설명할 시간적 여유가 있는지 고민해보곤 그럴 시간이 없다는 결론을 내렸다.

"지호! 지호는 어디에 있어요!"

진우가 막 발을 내디디려는 순간, 희령이 다급하게 물었다. 그녀의 물음에 희령을 다시 되돌아본 진우는 흠칫 놀랐다. 희령의 커다란 눈망울은 튀어나올 듯 진우를 노려보고 있었고 온몸은 마치 사시나무 떨듯 떨리고 있었다.

"지호 거실에 있는데…… 무슨 일이야?"

진우의 대답을 들은 희령은 장작에 찬물을 끼얹은 듯 일순간 차분해졌다. 민기가 재빨리 그 틈을 타 입을 열었다.

"사람이 죽는다고요!"

"누가요?"

"강이나 할머니요!"

민기가 다급하게 외쳤다. 순간 진우는 할머니라는 소리에 아마 이미 늦었을 수도 있겠다고 생각했다. 하도 다급하게 이야기하기에 사고 비슷한 상황이지 않을까 했는데 그것은 아닌 듯했다. 더군다나 상대가 노인이라면 지병이나 노환일 텐데 아무런 장비도 없는 지금, 진우가 달려가 봐야 큰 도움은 안 될 것이다.

그때 희령이 두 눈을 동그랗게 뜨고는 의외의 말을 던졌다.

"어? 저 지금 할머니 댁에서 오는 길인데요? 무슨 소리예요?"

진우는 조금 전 공포에 떠는 듯한 모습에서 어떻게 순식간에 안정을 찾은 것인지에 대해 이상함을 느꼈다. 그런데 그보다 더 수상했던 건 왜 희령이 이 난리의 주인공인 할머니의 집에 다녀왔는지였다.

15

　허인은 목포뿐만 아니라 전라 대부분의 지역을 유랑하듯 돌며 아이들을 모았다. 그냥 아이들이 아니었다. 서삼이 지시한 대로 조금은 특별한 아이들이었다.

　"자네는 이제부터 아이들을 모아오면 되네. 아이들이 기거할 거처는 별채에 은밀히 마련해 두겠네. 수는 많으면 많을수록 좋네."

　"아이들을요?"

　"그냥 아이가 아닐세. 잘 듣게."

　서삼이 지시한 특별한 조건은 세 가지였다. 첫째, 일곱 살을 넘지 않을 것. 둘째, 심각한 병환이 있을 것. 특히 강조한 것이 세 번째였는데 부모가 없거나 부모가 포기해야 한다는 것이었다.

　국운이 거의 기울고 왜구의 약탈 역시 심해진 상황에서 병환이 있는 아이를 데려오는 것이 그리 어려울 이유는 없었다. 다만 짐을 나르거나 일을 도울 수도 없는 어리고 아픈 아이들을 왜 데려오라 한단 말인가. 혹시 4년 전 그 일이 마음에 걸려서……?

　아니, 분명 그런 것은 아니었다. 그렇다고 하기에는 그 미소가 지워지질 않았다. 마음 한 구석이 찜찜했지만 아무리 머리를 굴려도 도무지 그 연유를 알 수 없었다. 하지만 서삼이 직접 지시한 일이니 따르지 않을 수는 없는 노릇이었다.

　허인은 30여 명이 넘는 아이들을 대궐 별채로 은밀히 데리고 왔다. 아이들의 식사를 서삼이 직접 챙길 정도로 별채는 금기의 구역이 되었다. 별채가 크기는 하지만 그 많은 아이들을 다 둘 수 없을 텐데……. 허인의 의구심이 짙어질 때쯤이었다. 어느 날 서삼이 허인을 그 금기의 구역으로 불러들였다.

　죽음이라는 것은 세상에서 사람이 지워지는 것이고 살아남은 자들은 지워질 자의 흔적이 여기저기 묻어 있는 것을 원하지 않았다. 죽음은 최대한 조용하고 은밀하며 신속하게 일어난다.

　죽음을 감추려하지 않는 자는 어떤 사람일까. 서삼은 생각했다. 죽음을 감추는 것은 겁이 많아서다. 그리고 자신의 약점을 타인에 보이기 싫은 것이다. 하지만 아이들은 다르다. 아직 무서운 것을 모르며 자신의 약점을 지켜달라며 내보인다. 그래서 허인에게 아픈 아이들을 모아오도록 시켰다.

　서삼의 계획은 맞아 떨어졌다. 혼란한 시기, 민란이나 왜구들의 침탈로 부모가 없거나, 있어도 아픈 아이를 치료할 길이 없어 의탁할 사람들이 넘쳤다. 그렇게 데려온 아픈 아이들을 '지켜보며' 임종의 순간 자신의 능력을 사용했다.

　처음에는 확실히 흡수하는 기운의 양이 적었다. 그러나 반복하면 할수록 점점 양이 늘었다. 그때마다 서삼은 온몸에 기운이 넘치는 것을 느꼈다. 슬슬 보이는 흰 머리가 사라지거나 주름이 펴지지는 않았지만 확실히 몸이 가볍고 눈이 밝아졌다.

　그런데 문제는 다른 곳에서 발생했다. 흡수하는 기운이 많아지자 아이들의 시체가 흉물스럽게 변해버린 것이었다. 마치 몇십 년 묵은 고목처럼 검게 변하고 바싹 말라붙었다. 덕분에 서삼이 시체를 처리하기는 편했지만 이제 별채에는 더 이상 시체를 둘 곳이 없었다.

조력자가 필요하다. 바로 허인이 떠올랐지만 조금 망설여졌다. 눈앞에 놓인 아이의 시체를 보고도 허인이 나를, 이 행위를 용인할 것인가. 그 순간, 서삼의 뇌리에 퍼뜩 생각이 떠올랐다.

기운을 빼앗을 수 있다면 반대로 나눠줄 수도 있지 않겠는가. 사람을 살리는 일이라면 누구든 응당 나를 따르리라.

그때부터 서삼은 아이를 살리기 위해 고심했다. 빠져나오는 기운을 다시 되돌려놓기만 하면 될 듯했다. 하지만 문제는 서삼의 투심이었다. 죽어가는 아이의 기운을 보면 자신이 아무리 조절하려 해도 이놈의 자혼이 냉큼 기운을 흡수해버리는 것이었다.

"어허…… 어찌 한단 말인가. 어이쿠!"

아이를 살릴 방도에 골몰하다 잔에 물이 넘치고 말았다. 그 순간 서삼의 뇌리에 절묘한 생각이 떠올랐다. 내 몸이 그릇이고 기운이 물이라면? 지금까지 빼앗거나 주려고만 했지, 이를 동시에 해볼 생각은 하지 못했던 것이다. 기운이 아예 흡수되기 전에 다시 내보낼 수만 있다면! 투심 역시 마음이고 욕심이다. 아무리 식욕이 강하기로서니 배가 터질 듯 부른데 더 먹겠는가. 아무리 수면욕이 강하다 해도 몇 날 며칠을 잠만 잘 수 있겠는가.

아이들 대부분은 거의 자리에서 일어나지 못할 정도였다. 대소변도 가릴 수 없는 수준이라 별채에 악취가 진동했다. 물론 다른 악취가 더 강했지만. 악취는 문제가 안 되었다. 이 생각만 실현시킨다면! 천만금이 무슨 소용이란 말인가. 단 하루의 삶을 더 살기 위해 억만금을 낼 자들이 세상에 널려 있는 것을!

서삼은 아이들 중 가장 병환이 심한 아이 둘을 나란히 눕혔다. 아직 숨은 붙어 있었지만 명치께에는 기운이 스멀스멀 피어오르고 있었다. 마치 향로에 붙어 있는 향처럼. 서삼은 양손을 각각 기운에 가져다 대고는 온 정신을 집중했다. 그러자 향처럼 피어오르던 하얀 기운이 서삼의 양손을 휘감듯 춤을 추기 시작했다. 처음에는 양손으로 모두 빨려 들어가는 듯했다. 서삼 역시 그런 상황을 알아채고 실망하려는 찰나였다.

갑자기 오른손으로 흡수되던 기운이 더는 흡수되지 않고 손바닥 아래에서 맴돌기 시작했다. 마치 수문을 열어뒀는데 양쪽의 수위가 같아진 것처럼 더는 흘러 들어갈 곳이 없어 소용돌이치는 듯했다. 그러는 동안에도 왼손에서는 아이의 기운을 부지런히 흡수하고 있었다.

여느 때와 같이 서삼의 온몸에 기운이 충만하여 온몸의 털끝이 곤두서려고 할 때, 방천이 나듯 오른손에서 서삼의 기운이 훅 빠져나갔다.

"으윽."

기운을 빼앗기는 것은 처음인지라 서삼은 적잖이 당황했다. 마치 온몸이 물 젖은 솜처럼 무거워졌고 가슴께가 뻐근하여 숨쉬기가 거북했다. 그러나 서삼은 자신의 생각이 맞아 떨어졌다는 사실에 기쁜 마음이 더 컸다.

"콜록! 콜록!"

방금 죽음의 지척까지 갔던 아이 하나가 옅은 기침을 했다. 아이의 얼굴에는 어느새 홍조가 피어올랐다. 명치께에서 일렁이던 기운은 다부지게 자리를 잡아 더 이상 바깥으로 흘러나오지 않았다.

"됐다! 되었어! 하하하!"

서삼은 몇 번에 걸친 연습 끝에 허인을 방으로 불러들였다. 이제 서삼은 돈이나 명예 같은 어줍지 않은 미끼로 사람을 부리지 않아도 되었다. 최소한 살아 있는 자는 그 누구든 죽고 싶어 하지 않으니까.

16

"민기 씨, 얼굴이 안 좋아 보여요. 좀 괜찮으세요?"

희령이 강이나 할머니를 뵙고 왔다고 하니 민기와 진우는 집을 나설 이유가 딱히 없어졌다. 야심차게 집을 나섰던 것과 달리 조금은 허무한 마음으로 다시 집에 들어오게 되었다.

민기는 자신이 목격한 상황을 희령에게 이야기해야 할지 말아야 할지 고민했다. 이미 희령이 강이나 할머니의 안부를 전한 마당에 살해 장면을 목격했다는 이야기가 얼마나 신빙성이 있을 것인가. 게다가 조금 전에 실신한 전력까지 있으니 아무도 믿지 않을 것 같았다. 오죽하면 민기 자신도 헛것을 본 게 아닐까 의심스러울 지경이었다.

"일단 차 한 잔 드시면서 말씀 나누세요. 금방 저녁 차릴게요. 식사라도 하시고 가세요."

민기가 고민하는 사이 희령이 커피를 내어주고는 다시 부엌으로 들어갔다.

"형님. 좀 헛소리처럼 들리실 수도 있는데……."

"음? 말해봐."

민기가 부엌 쪽을 흘끔대며 목소리를 낮추자 진우도 조용히 속삭였다. 마침 진우도 현관에서 보였던 희령의 수상한 태도에 대해 다시금 떠올리고

혼

있던 참이었다. 거기다 집으로 뛰어들던 민기의 모습은 확실히 정상은 아니었다.

"분명 누군가 강이나 할머니의 목을 조르고 있었어요."

"뭐?"

순간 진우의 목소리가 급격히 커졌다. 그러자 부엌에 있던 희령이 조금 놀란 눈으로 그들을 쳐다봤다.

"예! 형님! 그 배우랑 진짜 사귄다니까요!"

민기는 임기응변으로 일단 희령의 관심을 끄고 말을 이었다.

"제가 헛것을 봤다고 하기에는 너무 기억이 생생해요. 저랑 한 번만 속는 셈 치고 아니, 산책한다 치고 가주시면……."

"응, 가자."

진우는 민기의 말에 바로 답했다.

분명 희령의 태도는 뭔가 의뭉스러웠다. 게다가 민기의 말이 맞다면……. 희령은 살해 현장에서 돌아와서는 우리가 가서 확인하려던 걸 막은 게 아닌가. 다급하게 지호를 찾던 것도 마음에 걸렸다. 문제는 최대한 자연스럽게 집을 나서야 한다는 것인데…….

"형님. 그런데 차 있잖아요? 거의 다 수리 됐을 거 같은데?"

마치 진우의 생각을 읽은 듯 민기가 일부러 부엌에 들릴 수 있게 큰소리로 말을 이었다.

"그, 그렇지! 그러고 보니 이 형님이 왜 연락이 없지?"

"지금 전화가 안 되니까 그렇겠죠! 마실 삼아 저랑 가보실래요? 저도 그 차 실물은 본 적이 없어서."

짐짓 민기가 너스레를 떠는데 희령이 부엌에서 나오는 기척이 들렸다.

"그래요. 전화도 안 되는데 급히 차가 필요할 수도 있고. 저녁 차리고 있을 테니 늦지 않게만 다녀와요."

"어어, 그래."

다녀와서 차 수리에 대해 뭐라고 둘러댈지는 그때 가서 생각하기로 마음먹은 진우는 민기와 함께 집을 나섰다. 어느새 해는 뉘엿뉘엿 산등성이에 발을 디뎠고 산골에 빠른 밤은 그들의 발걸음을 재촉했다. 둘의 목적지는 강이나 할머니의 집이었다.

17

별채에 들어선 허인은 심한 악취에 하마터면 사례가 들릴 뻔했다. 온갖 분뇨와 뭔가 썩는 냄새가 별채에 진동하고 있었다. 어르신은 이 속에서 무슨 짓을 하고 계시단 말인가.

순간 허인은 별채로 자신이 데려다준 아이들이 떠올랐다. 혹여 치료를 해보려 했으나 위중하여 결국 목숨을 잃은 아이들의 냄새인 것인가. 허나 그렇게 죽었다면 장례를 치렀을 텐데 분명 별채로 들어간 아이들 중 밖으로 나온 아이는 단 한 명도 없었다.

별채에서 가장 큰 독채 앞에 선 허인이 인기척을 내기도 전에 서삼이 그를 안으로 불렀다.

"들어오게!"

방 안에 들어선 허인은 순간 정신이 아득해졌다. 불교에서 지옥도라 부르는 그림을 그대로 재연하면 이런 모습일까. 아비규환이란 단어가 어울리는 장소가 이 땅에 있다면 지금 이 독채일 것이다. 늘 평정을 잃지 않는 강직한 성격의 허인이지만 잠시 할 말을 잃었다.

독채에 있던 가구들은 어디로 치웠는지 하나도 없었다. 하지만 그 넓은 독채가 하나도 넓게 보이지 않았다. 방 절반에 걸쳐 하얀 천에 쌓여진 것들이 가지런히 놓여 있기 때문이었는데 아무래도 악취의 근원인 듯했다. 분명 하얀 천인데도 어둡게 느껴지는 기운. 나머지 공간에는 살아 있는지 의심스러운 아이들이 마치 바둑판에 바둑알이 놓인 듯 가지런히 누워 있었다.

막 들어섰을 때 느꼈던 충격에 고요하다고 여겼던 방 안은 아이들의 낮은 신음과 거친 호흡, 시체가 부패하는 듯한 부글거리는 소리로 가득 차 있었다. 충격에 휩싸여 멍하니 서 있는 허인을 서삼이 불렀다.

"이리 오게."

서삼이 무릎을 꿇고 앉은 앞에는 의술에 문외한인 허인이 보기에도 곧 운명할 듯한 아이 둘이 누워 있었다. 한 아이는 얼굴이 거무죽죽하여 서양의 흑인이라고 해도 믿을만했고 다른 아이는 핏기가 하나도 없어 송장 같았다.

"어르신! 이게 무슨 짓입니까!"

그간 많은 의문이 그의 입안에서 맴돌았음에도 불구하고 잠자코 서삼의 지시를 따른 것은 일말의 기대였다. 고아로 태어난 그는 오상긴에게 거둬져 은혜를 입고 서삼에게 와서는 인격체로 인정을 받음과 동시에 형제나 부모와 같은 정을 느꼈다. 그런 서삼이 아픈 아이들을 모으라고 했을 때 분명 석연치 않은 점이 그의 발목을 붙잡았지만 아이들을 도우려 하는 것이라 스스로를 속였다. 하지만 지금 눈앞에 펼쳐진 광경은 대체 무엇이란 말인가.

"어서! 이리 와서 이 두 아이의 맥을 짚어보게!"

역정을 내는 허인을 무시하고 서삼이 강한 어조로 지시를 내리자 그 당당함에 허인은 자신도 모르게 서삼의 맞은편에 앉아서 아이들의 목덜미에 손가락을 대었다.

"주, 죽었잖습니까! 대체 무슨 짓입니까!"

내가 무슨 짓을 한 것인가. 이 아이들에게, 최소한 부모의 품에서 세상을 등질 기회마저 앗아온 것이란 말인가. 저 악마 같은 인간이 정녕 내가 모시던 어르신이 맞단 말인가! 허인은 터져나오는 울음을 참지 못했다. 아이들에 대한 미안함과 서삼에 대한 배신감, 스스로를 속인 죄책감이 격정적으로 뒤섞였다.

"정신 차리고 똑똑히 보게!"

그런 허인에게 일갈을 날린 서삼은 두 아이의 명치께에 양손을 각각 올리고 신경을 집중했다.

기운을 전이轉移시키는 데 성공하기는 했지만 그 과정에서 서삼의 기운 역시 뒤섞여 전이해버리는 바람에 극심한 피로감이 몰려왔다. 그 때문에 실험에 사용할 아이 셋의 혼을 모두 흡수해야만 했다. 그 부작용을 없애는 훈련에도 여럿 아이가 희생되었지만 이제 어느 정도 자신의 기운을 보전하면서 기운을 전이할 수 있게 되었다.

지금 허인에게 보여주는 것이 옳은 일인지 서삼 역시 자신하지는 못했다. 허나 자신의 계획을 실행하는 데는 조력자가 필요했고 가장 적합한 인물이 허인이었다. 과연 허인이 진실을 알고 나서도 자신의 편에 설 것인가는 직접 보여주지 않고는 알 수 없었다.

"콜록, 콜록. 으음……."

"어……? 아이야! 아이야!"

허인은 죽었던 아이가 기침을 하며 신음을 흘리자 다시 맥을 짚고 코에 얼굴을 대어보고는 새차게 아이를 깨웠지만 정신을 차리지는 못했다. 그러나 송장처럼 하얗던 얼굴에는 어느덧 홍조가 피어올랐고 가슴도 규칙적으로 오르내리고 있었다.

"이, 이게 무슨, 무슨 조화입니까! 다, 당신은 누, 누구요!"

"진정하게. 자리를 옮기세."

허인이 깜짝 놀라 자리를 박차고 일어서자 서삼도 자리에서 일어났다.

18

"어찌 죽은 사람을 살린단 말입니까!"

별채에 따로 마련된 거처로 자리를 옮겨 자리에 앉자마자 허인이 소리 지르듯 물었다. 충격은 더 강한 충격에 증발하듯 지워지는 법. 아비규환 같던 현장보다 죽었던 아이가 되살아나는 모습이 더 강렬했던 것이다.

"아무리 별채라고는 해도 소리를 조금은 낮추게."

서삼은 차를 따르며 말을 이었다.

"자네, 내가 몇 살로 보이는가."

그러고 보니 허인은 서삼의 정확한 나이를 모르고 있었다. 처음 봤을 때 불혹은 넘겼으려나 생각했는데 희끗희끗한 머리나 주름을 보면 그보다 훨씬 위인 것 같기도 했다.

"내 나이가 이미 환갑을 넘긴 지 오래네."

"예?"

환갑을 넘겼다고 이야기하는 서삼의 외모 어디에도 나이를 방증할만한 것이 없었다. 겨우 희끗희끗한 머리나 잔주름만으로 환갑이라고 할 수는 없지 않은가.

"이제부터 내 이야기를 잘 듣게."

서삼은 담담한 어조로 이야기를 들려주었다. 어려서부터 시작한 도둑질과 일영과의 만남. 자신의 기이한 능력을 통한 부의 축적, 그리고 기운의 전이를 통한 영생의 길.

"그, 그게 말이 됩……니까."

긴 이야기 끝에 허인의 입에서 나온 첫마디는 부정이었다. 현실과 너무 괴리가 큰 이야기였다. 세상 천지에 어떤 자가 남의 혼을 빼앗아 생명을 연장할 수 있단 말인가. 하지만 조금 전 눈앞에서 목도한 광경이 다시금 떠올랐다. 분명, 죽었던 아이가 살아났다.

"그, 그럼 어르신께서는 죽은 사람도 되살려낼 수 있다는……."

질문을 하면서도 얼토당토않은 말이라 말끝을 흐렸다. 믿기 어려운 일이다.

"엄밀히 말해서 그 아이는 내가 되살린 것은 아니네. 삶과 죽음의 경계, 그 경계선에 서 있는 아이에게 기운을 주어 이승으로 끌어당긴 것뿐이지."

"그럼 이제 저 아이는 건강해진 것입니까?"

"그렇지 않네."

서삼은 한숨을 내쉬었다. 몇 번의 실험을 통해 죽음의 문턱에서 아이들을 끌어당길 수는 있었지만 그런 아이들은 며칠을 가지 못하고 죽어버렸다.

"기운을 주더라도 병환이 사라지지는 않는 것 같네. 게다가 전이시키는 기운 자체도 이미 죽음의 문턱에 가 있는 아이의 것이니…… 쇠약해질 대로 쇠약해진 기운을 받아서는 회생하기는 어려운 것 같네."

서삼의 시선이 독채 쪽 허공을 잠시 향했다.

"처음 기운을 전이할 때 내 기운이 흘러들어간 아이가 둘 있었네. 그 아이들은 지금 의원댁에 맡겨 병환을 치료중이네."

서삼이 허인을 똑바로 바라봤다. 청량하게 맑은 눈빛. 그런 짓을 저지른 자의 눈빛이 저리 맑을 수 있단 말인가. 허인은 눈을 마주치기 힘겨웠다.

"인이. 나와 함께 천수를 누려보지 않겠는가."

"천, 천수라니!"

누구든 살아 있는 한 죽고 싶은 자는 없다. 그것은 마치 자석과 같다. 죽음이 가까이 올수록 삶에 대한 욕망은 더 강렬해지는 것이다.

"일어서게. 자네가 결정을 내릴 수 있게 도와주겠네."

서삼은 허인을 데리고 다시 독채로 들어섰다. 두 번째라서 그런지 악취가 처음보다는 조금은 누그러진 듯했다.

"여기에 눕게."

대부분의 아이들은 촉각을 다투고 있었다. 허나 서삼의 말대로라면 아마 이 아이가 가장 죽음에 가까운 아이겠지. 어차피 죽을 운명이니 괜찮은 것인가? 허인은 자문했지만 누구도 답을 해주진 않는다.

서삼은 아이의 흐트러진 기운에 왼손을 대고 정신을 집중하며 오른손으로는 허인의 가슴을 살짝 눌렀다.

"마음을 편히 먹게. 잠이 든다 생각하는 것도 좋고."

"흡!"

서삼의 말이 끝나기 무섭게 허인은 가슴에 냉기를 느끼고는 숨을 들이켰다. 얼음처럼 기분 나쁘게 차갑지는 않았다. 마치 초가을 계곡물에 발을 담갔을 때처럼 서늘하고 청량해 상쾌한 기분. 얼마 지나지 않아 서삼의 손이 허인의 가슴을 떠났다. 조금 전의 께름칙한 기분은 어느새 잊어버리고 조금 더 그 기분을 느끼고 싶었다.

"일어나 앉아보게."

"어어?"

일어나 자리에 앉은 허인은 뭔가 몸이 매우 가벼워졌음을 느꼈다. 며칠을 자고 방금 깨어난 듯 개운한 기분. 아무리 무거운 짐이라도 들 수 있을 것처럼 온몸에 힘이 들어갔다.

"이, 이런……."

"곧 죽을 아이의 기운이 이 정도라네. 느껴보니 어떠한가. 나를 이해할 수 있겠나."

수많은 생각이 뒤죽박죽 뒤섞였다. 이해했다고 선뜻 답하지는 못했다. 그러나 어차피 죽을 아이들이지 않았는가. 앞서 맛본 달콤함에 이미 서삼의 악행에 대신 정당성을 부여하고 있는 자신을 느꼈다.

"이제부터 자네는 모처에 마을을 만들게. 가능하면 외부와 단절된 곳. 월출산 자락이 좋겠네. 관청에 뒷돈을 좀 주더라도 허락을 받고 돈이 얼마가 들어도 좋으니 최대한 빨리 터를 잡아 20호 정도 되는 집을 짓도록 하게."

"마을 말씀이십니까?"

외부와 단절되어야 한다는 말에 허인은 가벼운 불안을 느꼈다.

"굳이 모처를 마련하시려는 이유가……."

"죽음의 경계를 이미 넘은 아이의 기운으로는 내 이상을 실현할 수 없네."

"그, 그런!"

겨우 서삼의 악행에 억지로 당위성을 부여했는데 서삼은 그보다 큰 악행을 계획하고 있는 것이었다. 허인은 혼란에 빠졌다. 어찌해야 한단 말인가. 지금이라도 관아에 신고를…….

"이미 자네도 느끼지 않았나? 인간은 언제 자유를 느끼는가. 어떻게 사는 것이 잘사는 것인가를 고민하지 말게. 일단 살아야 하네. 모든 욕망의 실현은 삶 속에서만 가능하네. 함께 천수를 누려보세나."

서삼의 눈빛이 더욱 강렬하게 빛났다.

"이미 자네도 저 아이의 기운을 빼앗아가지 않았나?"

서삼이 가리킨 곳에는 자신에게 기운을 뺏겨 검게 말라붙어버린 아이의 시체가 아무 말 없이 허공을 응시하고 있었다.

19

진우와 민기가 집을 나서고 얼마 지나지 않아 희령이 지호를 업고 집을 뛰쳐나왔다.

금정댁 할머니의 말이 사실이라면……. 거짓이길 너무나 바랐지만 그런 상황에서 자신에게 거짓말을 할 이유가 없었다. 게다가 그 눈물은 분명 자식을 잃은 부모의 눈물이었다. 희령이 절대 모를 수 없는 아픔의 눈물. 6년 전 도선사에게 속아 흘렸던 참회와 회한의 눈물이 다시 떠올랐다.

또다시 속을 순 없었다. 그때는 오로지 배 속에 죽어가는 아이를 살리겠다는 일념에 논리적으로 생각할 겨를이 없었다. 조금만 더 생각이 깊었더라면, 아무리 모성에 취했다고 하더라도 도선사가, 허인이, 이 마을이 내게 그런 호의를 베풀 리가 없다는 것을 진작에 깨달았더라면.

하지만 시간을 되돌린다고 해도 결국 어리석은 어미의 마음이란 것은 같은 선택을 할 것이다. 어차피 서로를 철저히 이용하는 관계다. 지호가 단명한다는 게 거짓이라면 당장 이 마을을 떠나야만 했다. 전화는 끊어버렸다고 했으니 외부로 연락을 할 방도는 없었다. 그렇다면 마을을 벗어나는 길은 임도나 산길밖에 없는데 지호를 데리고 산을 넘는 것은 불가능에 가까웠다.

여러모로 머리가 복잡하던 찰나, 두식의 카센터에 맡긴 차의 상태를 확인하러 가봐야겠다는 진우와 민기의 대화가 들려왔다. 그래, 남은 건 진우의 차였다. 순간 희령은 그동안의 비밀을, 자신의 악행을 이야기해야 할지도 모른다는 생각에 망설였다. 그러나 어머니라는 존재는 자신을 버리고 자식을 택하는 것. 그들이 다시 되돌아오길 기다렸다가 이야기를 꺼낼까. 하지만 희령은 이내 작게 고개를 흔들었다. 한시라도 빨리 이곳을 빠져나가야 했다. 마음을 다잡은 희령은 뒤늦게나마 그들을 따라 나섰다. 그렇게 얼마나 달렸을까, 숨이 턱에 찰 무렵 먼발치에 카센터 간판이 푸르게 빛나는 것이 보였다.

"엄마, 무슨 일이에요?"

집에서 나설 때부터 아무 말이 없던 지호가 카센터 간판을 보고 걸음이 조금 늦어진 참에 말을 꺼냈다. 희령은 도대체 어디서부터 설명해야 할지 막막했다. 물론 다른 아이보다 확연히 뛰어나다고는 해도 이제 겨우 여섯 살이다. 갑자기 아무런 말도 없이 쫓기듯 집을 나서는 모습에 대해 어찌 설명해야 할까.

"이 정도는 제가 갈 수 있어요. 내려주세요."

지호는 다른 의문을 품지는 않았는지, 혹은 어차피 설명을 들을 수 없을 거란 사실을 아는 것인지 그저 희령의 등에서 내려 자기 발로 걷기 시작했다. 점점 간판이 가까워지고 마당에 세워진 트럭의 뒤꽁무니가 보일 때쯤 두식이 간판 뒤에서 튀어나왔다.

"워메? 무슨 일이래유?"

마치 기다리고 있던 사람처럼 타이밍 좋게 튀어나온 두식 때문에 놀란 희령은 비명도 지르지 못한 채 얼어붙었다. 게다가 분명 카센터로 간다고 했던 진우와 민기의 모습이 어디에도 보이질 않았다. 하지만 지금 그 두 사람의 행방까지 고민할 시간이 없었다.

당장 마을을 벗어나야 한다. 하지만 두식 역시도 마을 사람이다. 어떻게 이 상황을 어떻게 설명해야 두식이 의심 없이 자신을 마을 밖으로 데려다줄까. 당연히 진우가 있을 거란 생각에 두식에게 둘러댈 이야기를 미처 준비하지 못한 희령이 난처한 얼굴로 머뭇댔다.

"아악! 배야! 엄마! 아이고, 배야!"

그때 갑자기 지호가 배를 부여잡고 맨바닥을 뒹굴기 시작했다. 순간 지호가 크게 아픈 건가 싶어 당황했던 희령은 이내 지호가 자신을 도우려는 것임을 깨달았다.

"지, 지호가 갑자기 배가 아파서요! 읍내 병원에 좀 가야 할 것 같은데 차가 없어서요! 전화도 안 돼서……."

의사 남편을 두고 이렇게 뛰어와서 말하는 것을 의심하지 않을까 했지만 두식은 예상외로 일말의 의심도 하지 않는 듯했다. 그는 헐레벌떡 차 키를 챙겨 나오더니 차에 시동을 걸었다.

"얼른 타유. 맹장이믄 큰일이구먼요."

그렇게 두식의 트럭이 어둠을 헤치고 농로를 이리저리 달리기 시작했다.

20

"어이, 두식이 있는가."

"예, 이장님."

오후에 카센터를 찾아온 이장은 목소리를 한 단계 낮췄다. 아직 준비는 덜 되었지만 어쩔 수 없었다. 희령이 모든 사실을 알아버린 마당에 의식을 더 미룰 수는 없었다. 허인 어르신에게 이미 윤허를 받은 일이다. 이런 상황이 이장도 썩 달갑지는 않았다. 그동안 마을을 위해 희령이 해준 일도 있는데 그 아이까지 탐하는 것은……

하지만 몇 해 전 세상을 떠난 마누라가 떠오르자 입술을 깨물었다. 백 년을 함께한 마누라가 죽은 것은 희령 때문이다. 그때 희령이 마을과 연을 끊지만 않았어도! 지 자식을 내놓으라는 것도 아닌데 무슨 정의감이 그리 불타올랐더란 말이냐! 이장은 마음을 다잡았다.

두식은 마을의 유일한 교통 수단이었다. 딱 한 번 오는 버스는 내일 정오까지는 오지 않을 것이고 통신을 끊었으니 택시를 부를 수도 없다. 게다가 진우의 차는 수리하지 말라고 신신당부했으니, 희령이 마을을 벗어나려면 분명 두식을 찾을 것이기에 이장이 한 발 앞서 두식을 찾은 것이다.

"이제부터 내 말을 잘 듣게. 이는 나나 자네, 아니 우리 마을을 위해서 꼭 해야만 하는 일일세."

혼

"무슨 일인감유?"

두식 역시 도선사의 은혜를 입기는 했지만 희령의 배신으로 충분한 기운을 받지 못했다. 마을의 일부가 완벽하게 되지는 못한 자였다. 혹여나 저 우유부단한 인간이 희령이나 지호를 가엾게 여겨 도망을 방조하거나 돕는 상황이 오는 것은 막아야 한다.

"잘 듣고 그대로만 하게. 내 자네 병세가 날이 갈수록 위중해지는 것을 모르는 바가 아니네. 잘만 해주면 이번 기회에 마을이 힘을 모아 큰 기운을 주는 것을 말씀드려봄세."

이장의 말은 한동안 이어졌다. 두식의 표정은 놀란 표정에서 난처한 표정으로, 난처한 표정에서 굳고 불편한 표정으로, 다시 어두운 표정에서 밝은 표정으로 여러 번 변했다.

21

 두식은 더블캡을 이리저리 운전하면서도 이장의 지시가 떠올라 머릿속이 영 복잡했다.

 진우에게 한 말과 달리 두식은 이 근방 태생이었다. 한동안 도시에서 일을 하며 살았지만 암이 발병한 탓에 고향으로 되돌아왔던 것이다. 그러다 언젠가 술이 거나하게 취한 아버지가 장수마을의 도선사라는 양반이 손만 댔다 하면 병이 씻은 것처럼 낫는다더라, 했던 걸 기억해냈다. 죽음을 앞둔 마당에 무슨 일인들 못하겠나 싶어 지푸라기라도 잡는 심정으로 이 마을에 들어오게 된 것이었다.

 당연한 말이었지만 마을에서는 두식을 그닥 반기지 않았다. 하지만 죽음이 코앞에 다가온 이에게는 더 두려울 것이 없었다. 그는 몇날 며칠이고 이장의 바짓가랑이를 붙잡고 늘어졌다. 그로부터 얼마 후, 오밤중에 갑자기 자신을 찾아온 이장은 은밀한 어투로 귀한 분께서 찾으니 함께 갈 곳이 있다고 했다. 긴장한 발걸음으로 이장을 뒤따라간 그곳에는 그가 그토록 만나고 싶어 했던 도선사가 있었다. 두식은 도선사가 기묘한 의식을 치러주고 나서는 정말 거짓말처럼 기력을 되찾았다. 원치 않던 호의의 대가로 슬프고 무서운 심부름을 하게 되었지만…….

 앞으로 살 날이 얼마 남지 않았을 거라는 병원의 말과 달리 두식은 그 이후로도 근 10년을 살아 있었다. 그리고 삶에 대한 그 욕망은 그로 하여금 어

혼

떤 짓이든 하게 만들었다. 죽음을 코앞에 두었다는 이야기를 들었을 때의 그 절망감을 다시는 맛보고 싶지 않았다. 이곳에서라면 그게 가능했다. 그런데……. 눈앞의 이 여자 때문에 또다시 죽을 위험에 빠졌던 것이다.

"여긴 임도가 아니지 않아요?"

"아, 여기가 지름길이에유. 그런데 지호는 괜찮아유?"

마을을 벗어나는 게 아니라 자꾸 농로만 빙글빙글 돈다고 느낀 희령이 의심의 눈초리로 쳐다보며 묻자 두식은 짐짓 딴청을 피웠다. 그때 창밖을 날카롭게 쳐다보고 있던 지호가 그녀의 귓가에 속삭였다.

"엄마, 마을에는 지름길이 없어요."

순간 온몸에 소름이 돋은 희령은 창밖의 어둠보다 진한 공포를 느꼈다. 무기가 될 만한 것을 찾아 이리저리 두리번대던 그녀의 눈에 뒷좌석 귀퉁이에 놓여 있던 드라이버가 들어왔다. 희령은 드라이버를 집어 들고는 두식에게 마구 휘둘렀다.

"어어, 이러지 말아유! 위험하구만유! 워메! 억!"

한 손으로 운전대를 잡고 오른손으로 희령의 팔을 잡고 흔들던 두식은 갑자기 차 앞에 나타난 거대한 그림자에 놀라 운전대를 휙 꺾어버렸고 차는 그대로 논바닥에 처박히고 말았다.

"끄윽……."

논바닥에 처박히며 드라이버는 두식의 얇은 목 피부를 뚫어버렸다. 희령은 떨어진 충격 때문에 온몸이 쑤셔왔지만 그 아픔을 느끼지도 못한 채 지호를 챙겨서는 후다닥 차를 벗어났다.

겨우 어른 허리보다 조금 높은 논두렁이었지만 여자의 몸으로, 그것도 아이까지 데리고 오르는 게 쉬운 일은 아닌지라 힘겨워하고 있는데 조금 전 차를 막아선 그림자가 손을 내밀었다. 금정댁이었다.

22

처음에는 마을이라고 부르기도 묘했다. 일제 치하, 조선인들이 은밀한 장소에 모이는 것만으로도 의심을 샀다. 하지만 엄청난 뇌물을 갖다 바친 끝에 서삼은 자신만의 마을을 만들 수 있었다.

그는 스스로 도선사盜先師라 이름 짓고 본격적으로 자기 능력으로 사람들을 통제하기 시작했다. 가장 우선적인 목표는 자신의 기운을 나눠주어 사람들이 맹목적으로 자신을 따르게 하는 것이었기에 허인과 길수, 양수를 시켜 어린아이들을 끌어 모았다. 그리고 처음 살려낸 아이 둘인 길수와 양수, 허인을 비롯해 서삼이 보기에 믿을만한 자들은 마을에 살 수 있도록 집을 내어 주었다.

겉보기에는 그저 한적한 시골마을 같았다. 우연찮게 흘러들어 마을 주민으로 살던 이들은 세월이 흘러도 변함이 없는 서삼과 허인의 모습을 보며 하나둘 그 추악한 비밀에 동참하기 시작했다.

처음에는 살아 있는 건강한 아이에게서 기운을 뺏는 것이 어려웠다. 고민 끝에 허인이 묘책을 내었는데, 그것은 수면제였다. 많은 아이가 약에 취해 이성을 상실한 채로 기운이 뽑혀 희생되었다. 점차 의식을 거듭할수록 서삼의 능력이 강해진 덕에 얼마 후부터는 수면제의 힘을 빌리지 않고도 기운을 뽑아낼 수 있게 되었다.

사람들은 기운을 받으면 느끼는 쾌락에 빠져들었다. 잠을 자지 않아도 늘 활력이 넘쳤고 1년이고 2년이고 시간이 흘러도 주름이 생기지 않는다는 것이 신기하기도 했고 무섭기도 했다. 경외란 무엇인가. 말 그대로 신비한 공포다. 사람들은 도선사를 경외시하기 시작했다. 그렇게 사람들의 맹목을 얻은 서삼은 본격적으로 본색을 드러냈다.

서삼이 목표한 바는 다름이 아니라 어린아이의 혼이었다. 자신이 어미의 배 속에서 빼앗은 그 혼. 이 세상 무엇보다 정갈하고 강렬한 생명에의 의지. 그것은 어쭙잖게 살아있는 어른의 몸에서 뽑아낼 수 없는 것이었다.

어린아이를 구하는 게 힘들 때는 노숙자나 부랑자들을 돈으로 꾀어 이용해보기도 했다. 부랑자들이야 어느 날 갑자기 모습을 감춰도 이를 알아채는 사람이 드물었으니 뒤탈이 적다는 장점이 있었다.

그러나 아무리 건강한 어른이라도 어린아이만큼 기운이 강렬하지 않았다. 마치 가득 찬 풍선에 조그만 구멍으로 바람이 조금씩 빠져나가듯 세월이 흐르면 생명력이 소진되는 것 같았다. 게다가 살면서 갖가지 해로운 것들에 오염된 기운은 아무리 뽑아내보아도 사람들의 갈증을 해소해주지 못했다. 결국은 다시 갓난아이들을 사들이기 시작했다. 그러고는 그 기운을 빼앗아 마을 사람들에게 나눠주었다.

누구 하나 죄책감에 치를 떨지 않은 자가 없었다. 누구 하나 기운을 받은 밤이면 눈물 짓지 않는 자가 없었다. 그렇지만 누구 하나 기운을 받지 않는 자도 없었다…….

그러나 일제강점기에 호적제가 시행되며 돈을 아무리 쓴다 해도 소리 소문 없이 아이들을 데려오는 것이 더는 힘들어졌다. 서삼은 결국 마을에서 태어난 아이들에게까지 마수를 뻗치기 시작했다. 그리고 그 누구도 쉽사리 반항할 수 없었다. 심지어 그 어미조차도…….

혼

수면 위에 드러나서 좋을 것이 없었기에 의도적으로 존재를 숨겼던 장수마을은 광복 이후, 결국 공식적으로 이름을 올렸다. 상황이 그렇다 보니 이제는 마을에서 태어나는 아이를 이용하는 것도 여의치 않았다. 게다가 자신의 정체도 숨겨야 했기에 서삼은 도선사라는 이름만 남긴 채 조용히 허인의 집 지하실로 숨어들었다. 서삼이 모습을 감추니 마을 사람들은 하루가 다르게 늙어갔지만 어쩔 도리가 없었다.

그러던 중 희령이 마을에 나타났다. 그녀를 바라보는 서삼의 눈이 번뜩였다. 그는 마을의 숨통이 트일만한 하나의 계획을 생각해냈다. 이 아이를 이용해 아이들을 공급받으면 어떨까, 하는 게 그것이었다. 물론 그 계획을 실행하기까지 꽤 긴 시간이 필요하긴 했지만 어쨌든 한동안 마을은 다시 기운을 차리는 듯했다. 몇 년 못가 희령의 배신으로 다시 그늘이 드리워지긴 했지만 말이다.

서삼은 자신의 육신이 버틸 수 있는 시간이 얼마 남지 않았음을 느꼈다. 아무리 기운으로 생력을 채운다 한들 살면서 낡아가는 육신까지 되돌릴 수는 없었던 것이다. 그런 고민에 빠졌을 때 연을 끊었던 희령이 임신한 몸으로 다시금 마을을 찾았다. 그녀의 배 속에서 태동을 느낀 서삼은 기상천외한 묘책을 떠올렸다.

23

"할아버지. 계세요?"

"어어, 오야. 희령이구나."

6년 만에 찾은 마을은 예전과 다름이 없었다. 서낭당도 그대로였고 스산하게 바삐 우는 대숲이나 옹기종기 작은 집들, 돌담길. 어떻게 이 마을을 찾게 되었는지는 기억나지 않았다. 하지만 마을이 희령에게 준 것은 기억이 날 뿐만 아니라 지금 희령에게 남아 있었다. 그리고 지호에게도 줄 것이다.

"아이쿠. 그래, 지호는?"

"아, 지호는 집에 있어요. 이제 내일모레면 잔칫날이잖아요. 그때 많이 보시면 되죠. 호호."

"오야. 그래, 그래. 바쁠 필요가 없지."

희령은 다정스레 자신의 두 손을 잡아주는 덕천양반의 따뜻한 손이 좋았다. 자신이 배신했던 것에 대해서도 가타부타 말이 없는 점이 좋았다. 몇몇은 상당히 희령에게 퉁명스러웠다. 그 전에 희령이 베푼 은혜는 다 잊었는지.

"희령이 요만한 꼬맹이 때 봤었는데 벌써 이렇게 커서는 아이를 다 데려오고, 아이고, 아주 그때는 곧 죽어도 몰랐을 텐데. 허허허."

"에이, 할아버지도. 그래도 그게 제 운명이니 마을에 오고 도선사님 눈에도 들었겠죠!"

"오야, 오야. 암만."

굳이 상대가 언급하지 않는데 자신의 과오를 말할 이유도, 사죄할 필요
도 없었다. 엄밀히 자신 덕에 이 마을 전체가 숨을 쉬고 지금까지 살아 있는
것이 아닌가. 그 젯값은 오로지 자신이 다 받았다고 생각됐다. 내 아이…….
그 정도 젯값이라면 이 마을은 지호에게 충분히 주어야 한다.

"지호도 기운을 받고 나면 괜찮겠죠?"

덕천양반은 잠시 대답에 뜸을 들이더니 아차 싶은 표정으로 응답했다.

"암, 암만. 그렇고말고. 인사는 다 다녔는고?"

"이제 월남댁 할머니만 남았어요."

"오이, 오이. 지금 가면 집에 있을 거구먼. 어여 가봐. 싫은 소리 해도 그
런가보다 하고 넘기그라."

그렇게 희령의 등을 떠민 덕천양반의 눈길에는 측은함과 함께 번들거리
는 욕망이 피어올랐다. 이를 미처 눈치 채지 못한 희령은 해맑게 고개 숙여
인사하고는 멀지 않은 월남댁의 집으로 발길을 옮겼다.

"어라? 누구지?"

월남댁의 집에 거의 다 와갈 때쯤이었다. 그곳에서 웬 젊은 남자 하나가
후다닥 뛰어 반대쪽으로 내려가는 게 보였다. 희령이 아는 한 마을에 젊은
사람이라고는 진우와 두식, 그리고 민기뿐인데……. 의아함을 품고 대문
안으로 들어선 희령은 소름 끼치는 광경에 잠시 얼어붙었다가 후다닥 신발
도 못 벗고 방으로 뛰어들었다.

"할머니! 왜 이러세요!"

안 그래도 덩치가 작은 월남댁은 금정댁이 뒤에 버티고 있자 마치 품에 안긴 듯 작아 보였다. 하지만 편해 보이지는 않았는데 그것은 월남댁의 얇디얇은 목에 감겨 있는 노끈 때문이었다. 금정댁은 무릎을 세워 월남댁의 등에 버티고는 양손으로 노끈의 양끝을 힘껏 끌어당기고 있었다.

"그만, 그만 하세요!"

희령이 힘껏 몸을 밀치자 금정댁도 버티지 못하고 뒤로 벌렁 넘어졌다. 그때까지도 벌겋게 두 눈을 뜨고 있던 월남댁은 정신을 잃은 듯 스르르 그 자리에 무너져내렸다.

"할머니! 할머니!"

희령이 서둘러 흔들어보았지만 월남댁은 아무런 반응이 없었다. 희령은 사색이 된 채로 월남댁의 코밑과 목 밑에 손을 대보았다. 미약하지만 숨이 느껴지자 그녀는 그제야 안심하고 자리에 주저앉았다.

"대체 왜 그러세요!"

소리를 빽 하고 지르고 금정댁을 쳐다본 희령은 순간 말문이 막혔다. 금정댁은 굵은 눈물을 하염없이 흘리며 눈물에 가려 앞이 잘 안 보이는 듯 엉금엉금 기어 희령에게 다가오고 있었다.

"아이고, 내 딸. 아이고, 내 자석. 애미가 미안혀. 아이고."

방금 살인을 저지르려던 사람이라고는 믿을 수 없을 정도로 처절하게 울부짖는 금정댁을 보며 희령은 자기도 모르게 꼭 안아주었다. 그렇게 한참을 희령의 품에서 눈물을 흘린 금정댁은 숨을 추스르고는 희령에게 추악한 마을의 계획을 알려주었다.

24

이장은 서둘러 마을 공동 통신망이 있는 곳에 가서는 들고 온 낫으로 모든 선을 끊어버렸다. 지금 금정댁이 하는 짓을 막는 것도 중요하기는 했지만 만에 하나 저 기자놈이 경찰이라도 부르는 날에는 일을 치르기는커녕 아예 시도도 못할 확률이 높으니 이것을 막는 게 먼저였다.

일단 월남댁이 죽는다손 치더라도 그러면야 입이 주는 것이니 내 몫이 느는 것 아니겠는가. 어차피 마을 사람 모두가 백년 만년 살 수 없다면 합리적으로 계산하는 것이 더 나았다. 게다가 어차피 월남댁은 마을 출신도 아니니 사람들이 크게 동요하지는 않을 것이다.

마을 초창기부터 함께해온 금정댁이 왜 그런 짓을 저질렀는지 의아하기는 했지만 지금은 그런 걸 따질 때가 아니었다. 아무리 금정댁이 마을의 주요 인사고 자신의 아이를 넷이나 희생시켜 모두를 지금까지 버티게 했다고 하더라도 마을 사람을 함부로 죽인 일은 용서받지 못할 것이다.

일단 통신을 막은 이장은 다시 월남댁의 집으로 향했다. 이미 금정댁과 희령은 떠난 듯 월남댁만이 방 안에 희미하게 숨을 쉬며 누워 있었다.

"월남댁, 월남댁!"

"이……이장님……."

월남댁의 얼굴은 금세라도 지워질 듯 하얗게 질려 있었다. 분명 죽음이 지척에 와 있는 것이리라. 도대체 왜 금정댁이 이런 짓을 했을까. 이번 도선 사님의 계획에 금정댁이 반대하는 것이야 알고 있었지만 이번 일만 잘 처리 되면 그 뒷일이야 선사님께서 알아서 해줄 것인데…….

"이, 이장님. 그, 금정댁이, 다, 다, 마, 말을, 해, 해버렸…… 저, 저, 기, 도, 도, 선사님, 도선사님 좀……."

순간 이장의 뇌리에 번개가 쳤다. 금정댁은 일을 망치려는 것이다. 노망 이 나도 제대로 난 것이다. 막아야 한다. 지금 기자놈이 문제가 아니다. 다급한 이장이 자리에서 일어나려 하자 월남댁이 어디서 나온 지 모를 힘으로 이장의 손을 붙잡았다.

"이, 이, 이장, 이장님…… 도, 도선사님 좀……."

순간 이장은 눈이 뒤집혔다. 어차피 이 지경까지 월남댁을 몰아간 것은 금정댁이니 죽더라도 그것은 금정댁의 탓이지, 내 탓이 아니다. 게다가 지금 도선사님께서는 의식을 준비중이신데 이런 데 기운을 헛되이 낭비할 순없다. 그래. 입이 하나 준다. 아이 하나에 지금 몇 명이 들러붙어 먹냐 말이다. 차라리 잘됐다 싶었다. 이장은 그대로 양손을 노끈 자국이 선명한 월남댁의 목에 가져다대고는 힘껏 눌렀다.

"으억, 이……자앙…… 끄윽."

이미 기운이 많이 상한 월남댁은 곧 숨을 거뒀다. 그녀는 마치 서삼이 기 운을 뺏은 그 시신들처럼 순식간에 피부가 검게 변하더니 바람이 빠지듯 뼈 에 피부가 들러붙었다. 아무래도 본래의 육신의 생은 이미 마감했음에도 억지로 버티고 있던 기운이 빠져나가는 탓이리라. 마누라가 죽었을 때와 같은 모습에 이장은 잠시 망연자실했지만 이내 정신을 차렸다.

희령이 도망을 가려고 한다면 분명 차가 있는 두식에게 갈 것이 뻔했다.

이장은 일단 두식에게 월남댁의 죽음과 금정댁의 배신을 알리면서 평동양반과 덕천양반에게 임도를 지키고 있으라고 지시했다. 기장댁에게는 허인에게 이 이야기를 전해서 오늘 바로 일을 치르도록 준비하라 일렀다. 처음으로 제대로 이장 노릇을 한다 싶었다.

25

"아가, 인자부터 내 말 잘 듣그라잉."

금정댁은 무언가에 쫓기는 사람처럼 희령의 대답도 듣지 않고 한숨에 이야기를 토해냈다.

"니가 생각하는 그런 것이 아니단 말이다. 나가, 이 천둥벌거숭이같이 못난 년이 내 속으로 난 자석 네 명을 단 한 번 젖을 못 물리고 보냈다. 니는, 니는 정신 차려야 되는 거여."

"네? 그, 그게 무슨……?"

"니 얼라 뺐을 때 그 기운이 딴 아한테 간 것이 아니란 말이여. 그 기운 다 지호한테 갔단 말이여. 니 얼라 살릴 생각도 없었단 말이다. 니 자석, 지호는 인자 빈껍데기여. 도선사 그 새끼 들어갈 껍데기를 만든 것이여!"

희령은 머리를 망치로 얻어맞은 듯 멍해졌다. 그 불쌍한 아이의 죽음을 도선사는 이미 알고 있었다는 말인가. 그렇다면 내 아이를 살릴 수 있었으면서 결국 살리지 않았다는 말인가! 희령은 왈칵 눈물이 나왔다.

지호가 단명한다는 것이 거짓이란 말인가! 지금 돌이켜 보면 지호를 살리기 위해서는 저번처럼 어린아이가 필요할 터. 그럼에도 그런 조건도 없이 그저 희령을 마을로 불러들인 것에는 이유가 있는 것이었다. 그걸 눈치채지 못했다니.

혼

금정댁의 이야기가 이어졌다. 도선사는 심지어 금정댁이 태어나기 전부터 살아온 인간이었다. 어떤 요술을 부렸는지 금정댁이 처음 도선사를 봤을 때 이미 도선사는 여든이 넘은 나이에도 아직 환갑도 안 되어 보였다. 이 마을에 시집오면서 겪게 된 기이한 일들이 그런 도선사의 실체를 알게 해주었다. 정말 도선사는 요술을 부렸다.

처음에 금정댁은 기운을 받는 것이 영 께름칙하여 거부했었다. 그러나 남편이 죽고 나서는 임신한 몸으로 기댈 곳이라곤 마을밖에 없었기에 그 무리에 합류할 수밖에 없었다.

첫 아이를 낳고 정신을 차렸을 때 아이는 온데간데없었다. 미친 듯 아이를 찾았지만 마을 사람들 모두 아이는 잘 있으니 걱정하지 말라고만 했다. 그래서 마을을 떠날 수 없었다. 그러던 어느 날 야음을 틈탄 짐승에게 겁탈당했다.

둘째 아이를 낳고 정신을 차렸을 때 역시 아이는 온데간데없었다. 이번에는 금정댁도 참지 않았다. 식칼을 빼들고 눈을 뒤집은 채 온 마을을 뒤집어놓았다. 이번에도 마을 사람들은 아이들은 잘 있으니 함께 기도하면 둘다 데려다준다고 했다. 그래서 마을을 떠날 수 없었다.

셋째 아이를 낳고 정신을 차렸을 때 아이가 어디에 있는지 비로소 알게되었다. 이제 마을 사람들도 아이에 대해 따로 위로하지 않았다. 역시 마을을 떠날 수 없었다.

넷째 아이를 낳고 정신을 차리고는 바로 의식에 갔다. 그때 나이가 예순에 가까웠다. 이제 아이를 낳을 수 없는 몸이 되었지만 마을을 떠날 수 없었다.

매일 잠이 들면 아이들을 만났다. 꿈에서라도 아이들을 만나면 금정댁은 웃었다. 하지만 언제나 아이들은 검은 연기로 불타 없어져서는 금정댁

의 코로, 입으로, 눈으로, 귓구멍으로, 온갖 구멍으로 갈기갈기 찢어발길 듯
광풍이 되어 몰아쳤다. 그렇게 잠에서 깨면 온몸이 땀에 젖어 다시 잠들 수
없었다.

그래도 한동안은 괜찮았다. 이제 도선사의 요술이 쉬이 통하지 않는 세
상이 온 모양이었다. 더는 어디에서도 아이가 오지 않았고 도선사도 기력
이 많이 쇠했는지 흰 수염이 덥수룩하거니와 머리털도 듬성듬성 빠져서 추
한 모습이 되었다.

그러던 어느 날 희령이 제 발로 찾아왔다. 도선사는 웬일인지 고아인 희
령의 기운을 빼앗지 않았다. 되레 명이 너무 박하다며 기운을 나눠주자고 해
서 모두의 기운을 조금씩 보태어 희령을 건강하게 해주었다. 그러나 개과천
선했다는 금정댁의 생각은 헛된 것이었다. 희령을 키운 도선사는 희령을 이
용해 보육원을 운영하며 다시 아이들을 공급받기 시작했다. 금정댁은 기
운을 받는 것을 최대한 피하려 했지만 공범들이 그녀를 가만두지 않았다.

희령이 마을을 배신했다는 말을 듣고는 속으로 얼마나 안심했는지 모른
다. 그런데 얼마 후 희령이 임신한 몸으로 재물까지 데리고 마을을 다시 찾
아온 것이다. 희령이 마을에 다녀간 후에 허인 어른이 도선사의 계획을 설
명해주었다. 자신처럼 희령이 처절하게 이용당할 운명인 것을 알아챈 금정
댁은 분노했다.

"나가 안 될 일이라고 암만 이야기해봤자 이것들은 이미 미쳐부렀어. 내
가 다 죽여불란다. 니는 얼른 지호 데리고 나가. 이 빌어먹을 마을에서 나
가. 다신 돌아오지 말고 쳐다도 보지 말고. 니 아가랑 평생 보듬고 살아라
잉……."

금정댁은 더는 말을 잇지 못하고 다시 울음을 터뜨렸다. 아직 희령은 금

정댁의 이야기를 온전히 받아들이지는 못했지만 그 눈물은 절대 거짓으로 지어낼 수 있는 눈물이 아니었다. 자식을 잃은 어미의 눈물. 그것을 흘려본 사람은 한눈에 알아볼 수 있다. 희령은 엎드려 울고 있는 금정댁을 남겨둔 채 그대로 집을 향해 달렸다.

집을 향해 달리면서 희령은 어떻게 진우를 설득할지 생각해봤지만 도저히 답이 나오질 않았다. 하지만 마을 잔치를 벌이기로 한 이틀 뒤, 그전에만 마을을 벗어나면 될 거라는 생각에 일단은 마음을 차분히 먹었다. 당장 서두르다 큰소리라도 날라치면 예의 주시하고 있는 마을 사람들이 눈치 챌 위험도 있었다. 가능한 한 조용히 마을을 벗어나야 한다.

떨리는 가슴을 부여잡고 막 집 앞에 도착했는데 갑자기 현관문이 열리며 남편과 민기가 함께 허둥대며 나왔다.

"여보, 어디 가는 거예요?"

의아해서 묻는 희령에게 대답도 하지 않고 뛰어가려는 진우의 뒤에서 민기가 월남댁이 죽어간다고 소리쳤다. 안 된다. 큰소리가 나면, 그들이 눈치 채면 안 된다.

"어? 저 지금 할머니 댁에서 오는 길인데요? 무슨 소리예요?"

희령은 달달 떨리는 손을 뒤로 숨기며 태연한 척 입을 열었다.

따지고 보면 월남댁이 죽지 않은 것도, 거기서 오는 길인 것도 사실이었다. 물론 생략한 부분이 많기는 했지만.

저 민기라는 기자가 무슨 짓을 저지를지 알 수 없던 희령은 차분히 생각했던 계획을 조금 많이 앞당기기로 했다. 어떻게 지호를 데리고 몰래 나갈 수 있을까 부엌에서 멍하니 고민하던 희령에게 진우와 민기는 차 수리를 확인한다며 카센터로 나간다고 했다. 기회를 잡은 희령은 지호를 데리고 집을 나섰다. 그러나 마을의 유일한 교통수단은 카센터에 있었다.

　희령은 자신의 악행까지 드러나더라도 진우에게 사실을 말하고 마을을 탈출하기로 했다. 하지만 카센터에서 기다리는 것은 진우나 민기가 아니었다. 대신 희령은 두식을 속여 마을을 벗어나려 해봤지만 희령이 간과한 사실은, 두식이 마을에 온 것은 얼마 안 되었을지언정 마을과의 고리는 희령의 그것보다 더 강하게 묶여 있다는 점이었다.

26

"나가 말을 헤줬어야 헌디, 미안허다. 웃차! 어디 상한 데는 없냐. 아는?"

금정댁은 희령을 끌어올리며 미처 말을 못다 한 자신을 탓했다. 감정이 북받쳐 올라 말을 제대로 잇지 못하는 사이에 희령이 달려 나간 탓에 마을이 온통 한통속이라는 말을 미처 못 전한 것이다.

금정댁은 자신이 잃은 자식들이 마치 희령으로 살아 돌아온 듯한 마음에 어떻게든 희령과 희령의 아이를 마을 밖으로 무사히 내보내고 싶었다. 월남댁 집에서 나온 그녀는 희령이 바로 집을 나서지 않는 것이 영 불안해 희령의 집 근처에 몸을 숨기고 기다리던 참이었다. 아니나 다를까, 희령은 아이를 들쳐 안고 카센터로 가는 것이 아닌가. 그 뒤로 늙은 몸을 이끌고 이렇게 두식의 차 앞을 막아 둘을 구한 것이었다.

"인자 으짤 수 없다. 얼른 가자."

금정댁은 입을 꾹 닫고는 휘적휘적 걸음을 옮겼다.

이제 밤은 지나 새벽으로 넘어가는 장수마을의 어귀는 어슴푸레한 남색으로 물들었고 그 색채 위로 하얀 안개가 커튼처럼 쳐졌다. 얼마간 잘 보이지 않는 농로를 금정댁의 뒤꿈치만 보고 걷던 희령은 금정댁이 갑자기 멈춰 선 통에 그녀의 넓은 등에 살짝 부딪히고 말았다. 장대한 체구에 가려 앞이 보이지 않자 희령은 살짝 옆으로 비켜섰다. 늦가을의 싸늘한 날씨에도 여전히 지호의 손을 땀이 찰 정도로 꼭 잡은 채.

"천자야……."

허인이 온 동네 주민을 데리고 앞을 막아서고 있었다. 각자의 손에는 쇠
스랑이며 몽둥이, 낫 같은 것들이 들려 있었는데 하나같이 아흔이 넘은 노
인들이라는 사실이 무색할 정도로 그 면면이 흉흉했다. 웬만한 장정이라도
모골이 송연해질 모습이었는데 다른 것보다도 푸르다 싶게 깊고 고요한 눈
빛들이 그 원인이었다. 물론 나이에 걸맞지 않은 기운도 한몫했다.

"허인 어른……."

허인도, 금정댁도 속이 참담했다. 처음, 그때가 처음이었다. 마을에서 난
아이를 제물로 삼은 것은. 허인은 꽤 반대했었다. 자칫하다가는 도선사와
관계가 끊길 위험도 있었지만 그런데도 끝까지 금정댁의 첫째 아이를 지켜
주려 했다. 그러나 생의 욕망이 드센 마을 사람들은 그렇게 너그럽지 않
았다. 처음에는 생판 모르는 아이의 기운을 나눠 받는 게 죄스러워 며칠이
고 눈물을 훔치던 사람들이, 어느 순간 죄라는 것을 모르는 사람들이 되어
버렸다. 분명 그건 사람의 모습이 아니었다.

"천자야…… 그만하자. 너도 알지 않느냐. 우리는 이미……."

"허인 어른. 아니여라. 아닌 것은 아닌 거구먼요. 어른이야말로 아시잖
냐 말이오. 인자 도선사는 도선사가 아니여라. 악마요, 악마. 악귀란 말이
오. 우리라고 다르요? 우리도 악마요! 악귀! 보내주쇼. 아니믄 나도 가만히
는 안 있을 라니까."

"미안허네. 이제 되돌릴 수는 없다네……."

허인이 고갯짓하자 길수와 양수, 덕천양반이 동시에 달려들었다. 희령
은 아흔이 넘은 노인들이 각자 무기를 휘두르며 뛰는 모습과 그런 몽둥이를
맨손으로 쳐내며 덕천양반의 멱을 잡는 금정댁을 보고는 놀라 멈춰 있을 수

혼

밖에 없었다.

"아악!"

하지만 아무리 힘이 좋은 금정댁이어도 남자 셋이 동시에 공격해오니 별 수 없었다. 덕천양반의 멱을 잡은 덕에 무방비가 되어버린 오른 어깨에 양수의 낫이 날아와 박혔고 고통에 몸부림치느라 몸을 숙이자마자 길수의 몽둥이가 뒤통수에 날아들었다.

"아, 아가!"

그런 용기가 어디서 났는지 희령은 알 수 없었다. 아니, 용기가 났다기보다는 그저 몸이 먼저 움직였을 뿐이었다. 몽둥이는 그대로 희령의 뒤통수에 박혀 들었다. 그런 희령을 보고 금정댁은 비명을 내질렀지만 연이어 날아든 이장의 망치에 곧 끊겨버렸다.

"허메. 기운도 못 받은 노인네가 뭔 힘이 이리 쎄다냐."

"금정댁 기운이야 젊어서부터 알아주긴 했제."

쓰러진 둘을 보며 덕천양반과 길수가 짐짓 농을 쳤지만 허인은 굳은 표정으로 지호만 바라봤다. 지호는 자신의 엄마가 몽둥이에 맞고 쓰러져 죽어가고 있음에도 어떤 동요도 없었다. 오히려 앞으로 상황이 어떻게 변할지를 궁금해하는 표정이었다.

"시간이 없네. 도선사께서 기다리시니 어서 가세."

허인의 말에 둘은 아쉬운 듯 돌아봤다. 어떻게든 옮길 수만 있다면 저 둘의 기운도……. 하지만 허인의 말을 무시할 수는 없었기에 그대로 지호만 들쳐 안고 마을을 향해 걷기 시작했다.

27

강이나 할머니 집으로 향하는 민기는 아까 봤던 그 눈동자가 다시 떠올랐다. 분명 뭔가 있는데 안개처럼 뚜렷하게 보이질 않았다. 하지만 왠지 희령은 뭔가 알고 있는 것 같았다. 어제 강이나 할머니 댁에서 왔다고 말하는 희령의 눈빛엔 불안함이 가득 차 있었다.

초저녁임에도 시골마을은 산송장들만 가득 찬 영안실처럼 숨소리조차 들리지 않았다. 해는 저물어 어두웠지만 아직 가로등은 켜지지 않은 시간이었다. 분명 노인들이 저녁을 먹을 시간임에도 어느 집 한 곳 불이 켜진 곳이 없었다.

민기는 저 밑에서부터 올라오는 공포심을 억지로 누르며 그 집으로 향했다. 그가 뛰쳐나올 때와는 다르게 대문은 닫혀 있었다. 떨리는 손으로 대문을 밀자 휑한 마당이 드러났고 그 건너편에 활짝 열린 방문이 보였다. 그리고 문지방 너머로 움직임 없는 하얀 머리가 있었다. 둘의 발걸음은 급격히 빨라졌고 툇마루에 이르러서는 거의 날다시피 방으로 뛰어들었다.

할머니는 낮잠이라도 자는 듯 가지런히 누워 있었는데 악취가 너무 심해서 시체를 눈으로 보기도 전에 욕지기가 올라왔다.

"웩!"

"욱! 하, 할머니!"

혼

이미 먹은 것을 다 토해낸 진우는 헛구역질만을 되삼키고는 할머니의 맥박을 짚었다. 하지만 굳이 맥을 짚지 않더라도 이미 죽음이 확실한 모습이었다. 진우처럼 구토로 속을 비워내고서야 민기도 반듯하게 누워 있는 강아나 할머니의 시신을 다시 살폈다. 어제 자신이 본 것은 확실히 할머니의 살해 현장이었다. 왜 희령은 자신에게 거짓을 말한 것일까. 혹시, 희령이······?

진우는 시체를 더 자세히 살피고 있었다. 법의학자는 아니었지만 대학 시절 해부학은 기초전공과목이었기에 대충은 알고 있었다. 목에는 선명하게 붉은 줄이 나 있었는데 목 졸림의 흔적 같았다. 교살당한 것이 확실해 보였다.

이상한 점은 어제 살해당했다고는 믿을 수 없을 만큼 시랍화*가 진행돼 있다는 것이다. 물론 지금 날씨는 건조한데다 온도도 적당히 낮은 편이니 오랜 기간 방치된 시체라면 굳이 실온에서도 시랍화가 안 될 이유는 없지만 민기의 말대로라면 죽은 지 이제 12시간 이내라는 건데······. 이건 불가능했다. 게다가 시체의 어디에도 시반**의 흔적이 없었다. 마치 무언가가 체액을 다 빨아먹은 것처럼······.

"형님. 허인, 그 노인네의 집으로 갑시다."

민기가 생각하는 유력한 용의자. 면사무소 현황에도, 마을 연혁에도 등장하지 않지만 가장 연장자인 사람. 마을 사람들의 추앙을 받는 사람. 수많은 아이를 죽인 악마. 민기는 허인이 어떤 알 수 없는 방식으로 생명을 연장하고 있는 것으로 추측하고 있었다.

---

* 시신이 밀랍인형처럼 보존되는 현상.

** 사후에 시체의 피부에서 볼 수 있는 옅은 자줏빛 또는 짙은 자줏빛의 반점.

민기는 자신이 아는 사실들을 빠르게 진우에게 이야기했다. 이야기를 들은 진우는 허튼소리라며 무시하려고 했다. 하지만 자꾸만 희령이 임신 때 보였던 이상 행동들과 자신이 말을 꺼내기도 전에 이미 이 마을로의 이사가 준비되어 있었다는 사실이 떠올랐다. 여기에 눈앞의 강이나 할머니의 시체가 그의 불안감에 불을 피워 올렸다. 그의 이성은 말도 안 되는 일이라고 외치고 있었지만 그의 감각은 느끼고 있었다. 이 모든 게 사실이라는 걸.

"가, 가자!"

"형님, 여기요."

어느새 부엌을 뒤졌는지 민기가 진우에게 식칼을 하나 건넸다. 그 자신은 몽둥이를 든 채였다.

허인의 집은 바로 근처였다. 슬쩍 밀어보니 대문은 열려 있었다. 잠시 눈을 맞춘 둘은, 누가 먼저랄 것도 없이 대문을 들어섰다. 우연인지 허인의 집은 진우가 이사 온 집과 같은 붉은 벽돌집이었다. 진우의 집은 리모델링을 해서 조금 느낌이 다르기는 했지만 조금만 자세히 뜯어보면 구조가 아예 똑같은 집이라는 것을 누구라도 알 수 있을 정도였다. 마치 쌍둥이처럼.

"허인 씨! 허인 씨, 계십니까!"

현관문 역시 열려 있었다. 둘은 흩어져서 한참 집을 뒤졌지만 어디에도 사람의 모습은 보이질 않았다.

"이건⋯⋯."

민기는 무언가에 이끌리듯 책장에 놓인 오래된 상자를 열었다. 상자 안에는 명주실로 엮인 오래된 책자가 있었다. 책에는 알 수 없는 숫자와 이름처럼 보이는 한자가 쓰여 있었다.

"1940년 5월 3일, 은동, 7세, 부친 5냥. 5월 11일 무명, 약 8세, 금안교 밑 발견, 삼장, 6세, 모친 20냥. 6월 1일, 도경, 5세, 조모, 10냥…… 이, 이 게……!"

2층으로 가는 계단에서 내려오다 멈춰 주저앉아버린 진우를 민기가 불렀다.

"형님! 이, 이것 좀 보세요! 허인, 그 미치광이 노인이 애들을 사들인 거예요! 안 되겠어요! 일단 마을을 나가서 경찰에 신고라도 해요! 어서요!"

민기는 이제 거의 확신하고 있었다. 그리고 지금 이 집을 뒤지고 있는 것은 삼류 영화에서 어수룩한 주인공들이 저지르는 오만한 용맹일 뿐, 둘만으로는 무엇도 하지 못할 것 같은 공포감이 다시 스멀스멀 피어올랐다. 진우 역시 둘만으로는 한계가 있다고 생각했다. 아무리 노인이라도 이미 인간의 범주를 넘어선 악마다. 아직 마주친 적도 없는데 벌써 다리에 힘이 풀렸다.

민기의 말대로 경찰에 신고하는 게 낫겠다고 생각한 진우가 자리에서 일어나려 계단 난간대를 잡고 힘을 싣자 난간대가 밑으로 들어가는 듯한 느낌에 균형을 잃고 계단 밑으로 구르고 말았다.

"으아악!"

끼이익. 텅 빈 집을 울리는 음산한 소리와 함께 계단 밑으로 검은 입을 벌린 다른 계단이 드러났다.

28

그 시각, 서삼은 지호를 마주보고 있었다. 아니, 느끼고 있었다. 특별한 능력 덕에 오래도록 생명을 유지해올 수 있었지만 한 가지 아쉬운 점이 있었다. 혼은 타인에게서 빼앗을 수 있다 하더라도 병들고 늙은 육신을 다시 젊게 되돌릴 수는 없다는 것이었다. 그리하여 서삼이 결심한 것은 바로 자신의 모든 기운을 다른 육신에 부어 넣는 것이었다.

서삼은 일영의 기운을 받아들인 이후부터 고기를 입에 댈 수 없었다. 몸에서 거부한 탓이었다. 일영스님이 고기를 먹지 않은 것은 육신이나 혼의 영향이 아니라 굳은 다짐과 신념 때문이었다. 그리고 그것이 자신에게 그대로 투과된 것이다. 그렇다면 서삼의 이런 사상들 역시 그처럼 투과될 수 있지 않을까. 아니, 일영보다 더 큰 기운을 품은 지금이라면……. 불가능할 이유가 없다.

"아이야, 이리 오너라."

지호는 생전 처음 보는 사람들이 자기 집 지하실에 이렇게 모여 있다는 것이 신기한 듯 빙 둘러 쳐다보았다. 그중에는 덩치 큰 할머니를 망치로 때려죽인 이장도 있었고 엄마의 뒤통수를 깨어 부순 길수도 있었다.

"흥미롭네요."

지호는 그저 재미있다는 듯한 얼굴로 천천히 서삼을 향해 다가갔다. 서삼의 손이 지호의 어깨에 닿자 둘을 둘러싸고 모두가 둥글게 둘러앉았다.

혼

경찰에 신고하자는 민기의 말을 무시한 진우는 결국 삼류 영화의 주인 공이 되어버렸다. 당장 지호가 이 아래 있을지도 모른다. 만에 하나 지호가 아래 있다면? 혹시 몹쓸 짓을 당하고 있다면? 칼을 잡은 오른손에 자꾸 땀이 차서 칼이 미끄러질 것만 같았다.

왼손으로 휴대전화 조명을 켜기는 했지만 지하실은 너무 어두웠다. 깊은 심연인 것처럼 공기는 차고 무거워서 헤치고 나아가기가 힘겨웠다. 진우가 거친 숨을 내쉴 때마다 먼지가 하얀 빛줄기 안에서 이리저리 흩날렸다. 칼을 몇 번이나 고쳐 쥐었을까.

금세 지하실 바닥에 닿은 진우는 주변을 빙 둘러 조명을 비췄지만 어디에도 지호나 다른 사람은 보이질 않았다.

"아, 아무도 없네요. 나, 나가요, 형님."

분명 둘은 사람들을 찾아다니는 중이었지만 사람이 없음을 알리는 민기의 말에는 안도감이 가득했다. 그런데 돌아서려던 진우의 눈에 네모난 지하실을 빙 둘러 놓인 작은 상자들이 들어왔다.

"아이, 형님. 뭐 하세요. 어서 나가자니까."

자신도 모르게 상자로 다가가는 진우 때문에 조명의 범위에서 벗어나버린 민기도 서둘러 라이터를 꺼내 불을 켰다. 지포 라이터의 불빛은 휴대전화 조명과는 달리 사방으로 뻗쳐가 지하실을 그나마 더 밝게 했지만 자꾸만 민기의 숨에 흔들거려 어둠과는 또 다른 공포감을 불러일으켰다. 진우는 무언가에 홀린 듯 상자의 뚜껑을 열어젖혔다.

"으아아악!"

"워씨! 왜요! 왜 그래요?"

진우는 휴대전화도 떨어뜨리고 놀라서 뒤로 자빠져서 얼굴을 가리고 있었다. 상자에서 뭐라도 뛰어올라 얼굴을 공격한 것일까. 슬쩍 상자 안을 들여다본 민기는 명치를 두들겨 맞은 듯 숨이 턱 막혔다.

"저, 저, 저게!"

나무 상자 안에는 잘해야 두세 살 정도로 보이는 아이가 반듯이 누워 있었다. 너무 어두워 자세히 보이지 않아서 망정이지 제대로 보았다면 내장을 뱉을 만큼 구역질을 계속했을 모습이었다. 그 모습은 조금 전 봤던 강이나 할머니의 시체와 매우 비슷했다. 그런 상자가 지하실을 빙 둘러 스무 개 남짓 놓여 있었다. 민기는 자신의 추측이 현실이 되자 정신을 부여잡고 있기가 힘들었다.

"혀, 형님. 나가자고!"

"지호."

민기가 내지른 외침은 진우의 낮은 한마디에 묻혔다. 지호를 구해야 한다. 이 마을에 아이는 지호 하나뿐이다. 이를 악물었다.

자리에서 벌떡 일어나서 불도 비추지 않고 어두운 지하실 계단을 한숨에 뛰어 올라온 진우는 곧장 마을 입구에 있는 두식의 카센터를 향해 달렸다. 민기는 그런 진우의 뒤를 어쩔 수 없이 따라 달렸다.

혼

234

"혀, 형님! 저기!"

민기가 가리킨 방향에는 사람 둘이 서로 부축하듯 진우의 집을 향해 가고 있었다. 익숙한 실루엣에 눈을 가늘게 뜨고 살펴보니 그중 하나는 희령이었다.

"혀, 형수님?"

"희령아? ……희령아! 괜찮아?"

희령과 옆에 부축하고 있는 할머니의 몰골은 좀비와 별반 차이가 없었다. 둘 다 머리에서 흘러내린 선홍빛 피가 목덜미를 지나 이미 어깨까지 모두 적셔 있었고 머리카락도 피에 엉겨 붙어 이리저리 산발이 되어 있었다. 몸을 이리저리 살피는 진우를 보며 희령이 울음을 왈칵 터뜨렸다.

"여보…… 미안해, 여보."

"아냐, 여보. 괜찮아. 정신 차려. 지호, 지호는 어디 있어?"

임도에 들어서기 전 사람들의 공격을 받고 정신을 잃었지만 다행히 죽지는 않았다. 정신을 차리고 금정댁과 함께 집까지 오는 데는 시간이 오래 걸렸다. 아무래도 뇌진탕인 듯했다. 다친 것은 머리뿐이건만 온몸에 마비가 온 것처럼 움직이기 버거웠다.

민기와 함께 나선 남편이 보이지 않기에 혹여나 해코지를 당한 것은 아닐까 걱정했는데 다행히도 별일은 없었던 모양이다. 그런데 그의 손에 들린 칼을 보니 이미 전말을 알고 있는 듯했다. 하지만…… 어떻게 안 것일까. 순간 희령은 정신이 번쩍 들었다.

"여보, 빨리!"

희령은 붙잡는 금정댁을 뿌리치고는 집으로 후다닥 뛰어 들어갔다. 그러고는 허인의 집에서 진우가 눌렀던 그 난간 지지대를 잡아 누르자 지하로 가는 계단 문이 열렸다. 진우도 어느 정도 눈치 채고 있었지만 두 집은 마치 쌍둥이처럼 똑같이 지어진 것이었다. 진우는 칼을 다시 고쳐 쥐고는 그녀의 뒤를 다급하게 따라갔다.

"여보, 내가 먼…… 여보!"

막 지하실로 뛰어들 것 같았던 희령은 어쩐 일인지 놀란 눈을 하고는 그 자리에 멈춰 서더니 천천히 고개를 돌려 진우를 쳐다보았다. 희령의 눈에는 불신과, 공포와, 슬픔과, 죄스러움이 동시에 묻어났다.

희령은 바로 뛰어 내려갈 듯 몸을 앞으로 기울였지만 어느 쪽 발도 앞으로 내딛지 않았고 그렇다고 앞으로 쓰러지지도 않았다. 희령의 배에는 지하실에서 튀어나온 막대 하나가 꽂혀 있었다.

"여보!"

"이…… 개X끼!"

피를 토해낸 희령은 균형을 잃고 쓰러졌다. 진우는 쓰러지려는 희령을 향해 몸을 날려 겨우 받아 냈다. 어느새 달려온 민기는 지하실 입구에서 쇠스랑을 희령의 배에서 뽑아내려 애쓰는 이장을 발견하고는 발로 냅다 차서 지하실로 떨어뜨렸다.

"여보! 정신 차려! 여보!"

희령은 이미 머리에 심한 출혈을 한 차례 겪은데다가 복부에서 밀려오는 통증을 더는 버티기 힘든 상태였다. 이대로 모든 것을 그냥 포기하고 싶었지만 자신의 미련함에, 헛된 욕망에 지호를 잃어버릴 거란 생각에 의식의 끈을 쉽사리 놓을 수 없었다.

"여, 여보…… 부디 지호를…… 둘 다 잃을 수는……."

"여보!"

의미를 알 수 없는 말을 남긴 희령은 결국 숨을 멈추고 말았다. 희령의 감은 눈을 비집고 눈물 한 방울이 흘러내렸다. 허망한 표정으로 희령을 바라보던 진우의 얼굴에 서서히 분노가 차올랐다.

"형님!"

민기가 주워서 건넨 쇠스랑의 끝에 묻은 붉은 피를 본 진우는 숨을 깊게 들이마셨다. 그의 머릿속에 히포크라테스 선서 일부가 스쳐 지나갔다.

'나는 인간의 생명을 수태된 때로부터 지상의 것으로 존중하겠노라.'

이미 인간이 아닌 것들의 생명을 존중할 이유 따윈 없었다.

30

지하실에서는 노인들이 서삼을 기준으로 둥글게 원을 그리고 앉아 있었다. 모두 고개를 숙이고 낮게 염불 비슷한 것을 외우고 있었으나 이 세상 어느 승려라도 알아듣지 못할 기묘한 울림이 있었다.

모두 양손을 양 옆 사람의 명치에 대고 있었다. 그 원의 시작이자 끝 점. 그곳에 도선사, 서삼이 앉아 있었다. 모두가 원 안 쪽을 보고 앉은 반면, 서삼은 원 밖을 보고 앉은 모양새였다. 왼손은 서로의 명치에 얹어졌지만 서삼을 향한 것은 오른손뿐이었다. 그렇게 기묘한 인간 원의 맞은편에 지호가 서삼과 마주 앉아 있었다.

허인은 가만히 두 사람을 바라보며 그 시절, 오상건의 저택에서 처음 서삼을 만났을 때를 떠올리고 있었다. 서삼을 만난 뒤 오로지 허인의 삶은 그의 삶 안에 있었다. 어쩌면 그 기운은 서삼이 처음 말했던 것처럼 분명 저주일 것이다.

상념에 잠겼던 허인은 밖에서 소란이 들리자 이장을 불러 밖으로 보냈다. 일단 의식이 시작되면 방해를 받아선 안 된다. 저주일지라도 영원하다면 축복일 수도 있다.

서삼은 눈앞에 앉은 아이를 느끼고 있었다. 분명 자신의 기운이 가득했다. 이미 배 속에서부터 자신의 기운을 받은 아이라서 그런지 어딘가 익숙했다. 그런 서삼의 생각을 읽기라도 한 것처럼 지호가 흥미로운 눈길로 그

혼

를 쳐다보고 있었다.

자신이 옮겨갈 아이. 영특한 아이다. 보통의 아이라면 자지러지고도 남았을 것인데 흥미롭다는 듯 자신을 바라보고 있었다. 서삼은 느닷없이 자신의 이야기가 하고 싶어졌다. 혹여 일이 잘못되어 자신이 없어진대도 서삼의 이야기를 이 아이가 이어갈 수 있을 것 같았다.

백 년이 넘는 이야기를 전하는 데는 그리 오래 걸리지 않았다. 지호가 어떠한 질문도 없이 서삼의 말을 이해했기 때문이었다.

"그래서, 지금은 당신을 내게 옮기겠다는 건가요?"

"그렇단다. 엄밀히 이야기하자면 단 한 번도 전생을 한 적은 없다. 그러나 내 경험에 의하면 전혀 불가능한 일도 아니거니와 어차피 이대로라면 육신이 더 버티지 못할 게야."

지호는 더욱 흥미롭다는 표정을 지었다.

"보통, 인간의 평균 수명이 몇 년인 줄 아나요? 83세죠. 당신이 살던 그 시대라면 아마 60세 안팎이었을 거구요. 보통 사람의 세 배를 살고도 더 살고 싶은가요?"

서삼은 이 당돌한 질문을 무시하려 했지만 생각처럼 쉽지 않았다. 아이답지 않은 눈빛과 침착함, 그리고 감히 자신을 질타하는 듯한 어투가 거슬렸다.

"꽤 영특한 아이 같구나. 그렇다면 내가 되묻지. 너는 배움을 하고 싶어서 했느냐, 배울 수 있기에 배운 것이냐."

"천재로 태어난 사람에게 물을 말은 아닌 것 같네요."

지호는 대답하며 살짝 웃었다.

"그렇다면 넌 먹고 싶어서 먹느냐, 먹을 수 있어서 먹느냐?"

"먹고 싶어서 먹는 것이죠."

"그렇다면 배가 부른데도 억지로 먹는 경우는 어떠하냐."

"그렇다면 먹을 수 있으니 먹는 것이겠군요."

"그렇다면 물으마. 너는 살고 싶어서 사느냐, 살 수 있어서 사느냐."

지호는 순간 할 말을 잃었다.

"더 살고 싶냐고 물었느냐. 그렇다…… 나는 더 살고 싶다. 아니, 나는 죽고 싶지 않다. 살아 있는 자 중에 죽고 싶은 자가 있느냐. 있다면 당장 내 앞으로 데려와보아라. 내 그자의 기운을 유용하게 쓸 테니."

지호는 묘한 표정으로 광기에 젖은 서삼을 바리봤다. 흥미로웠다. 저 인간의 삶이. 그리고 삶에 대한 극강의 집착이.

"하찮은 인간들이 살아가는 모습을 보아라. 부귀? 죽으면 겨우 차지하는 것은 석자 묏자리뿐이다. 명예? 죽은 자의 명예는 비석에 새겨질 글자 몇 자일뿐이야. 권력? 정승 개새끼 죽은 데는 찾아도 정승 죽은 초상집엔 파리만 날리는 법이다."

"그렇게까지 살려는 이유가 뭐죠? 이루고 싶은 거라도 있나요?"

아이의 말에 서삼은 숨을 고르고는 말을 이었다.

"이루고 싶은 것이라……."

처음엔 엄니의 사랑을 받고 싶었다. 그래서 도둑질로 사랑을 구걸했다. 엄니가 죽고 난 뒤로는 부자가 되고 싶었다. 그러다 능력을 깨달았다. 이 능력만 있는 한, 생을 구걸하는 자들이 있는 한 그는 얼마든지 부를 누릴 수 있었다.

하지만 아이러니하게도 모든 걸 누릴 수 있게 해줄 능력을 손에 쥔 순간, 모든 것이 부질없어졌다. 부귀, 영화, 권력. 뭐든 살아 있어야 이룰 수 있다. 결국 모든 인간의 욕망의 접점에는 생生이 있다.

"살아야 무언가 이룰 수 있다. 죽어서는 아무 것도 이룰 수 없다. 난 모든 욕심을 버렸다. 식욕, 성욕, 탐욕, 수면욕…… 모든 욕구는 내게 의미가 없다. 나는 그저 살고 싶은 것뿐이다. 무언가를 하고 싶어서 영생을 꿈꾸는 것이 아니다. 죽기 싫어서 살고 싶을 뿐이다. 되었느냐."

서삼은 갑자기 진이 빠지는 기분이 들었다. 자신의 앞에서 눈을 빤히 뜨고 신기하다는 듯 쳐다보고 있는 아이의 질문에 대답하다보니 스스로가 긴 세월동안 맹목적인 괴물이 되어버렸음을 깨달은 것이다.

"매우 흥미롭네요."

서삼은 마음 한 구석에 다른 말이 이어지기를, 혹여 자신의 저주를 멈출 말을 해주기를 기다렸지만 아이는 아무런 말도 하지 않고 가만히 눈을 감았다.

"음. 그렇지. 그럼 시작하마. 마음을 편히 두거라."

서삼은 밖의 소란에 시간이 얼마 없음을 깨달았다. 서둘러 의식을 진행하기로 한 서삼은 허인에게 손짓을 하고는 지호의 명치에 오른손을 갖다 댔다. 동시에 노인들의 염불 소리가 더욱 커졌고 이내 계단에서 굴러 떨어지는 이장의 외마디 비명마저 덮어 버렸다.

31

"미안……허네."

막 지하실로 들어서려는 진우에게 금정댁이 다급히 말했다. 머리의 상처에서는 허연 골수마저 흘러나온 듯했다. 저런 상태로 여기까지 걸어왔다니. 진우는 믿어지지 않았다. 하지만 오늘 믿을 수 있는 일이 있기나 했던가. 하지만 역시 생명이 다한 듯, 말을 이어가는 것이 힘들어 보였다.

"지금 그놈이 지호헌티 몸을 옮길 생각인 것이여. 이리 잠깐만 와보소."

금정댁은 계단 난간에 겨우 기댄 채 진우에게 손짓했다.

"아무 때나 떼어내믄 안 되네잉. 허연 기운이 가득, 지하실 가득 피어오를 때가 있을 것이여. 그때 내려쳐부소. 이 저주를…… 끊어주소."

대체 이 할머니가 무슨 이야기를 하는지는 알 수 없었다. 그런데 눈앞에서 희령이 쇠스랑에 찔려 죽는 걸 보고 나자 그게 무엇이 되었든 바로잡아야겠다는 생각만이 그의 머릿속을 가득 채웠다.

진우는 결심한 듯한 얼굴로 쇠스랑을 단단하게 고쳐 잡으며 지하실로 발걸음을 내디뎠다. 그리고 그 뒤로 겁먹은 듯한 표정의 민기가 따라갔다.

둘 다 지하실로 사라지자 금정댁은 힘겹게 바닥을 기어 부엌으로 향했다. 만에 하나 저들이 일을 성공시키지 못할 경우에 대비해 마지막 수는 생각해둬야 했다.

혼

32

　서삼은 최대한 기운에 집중했다. 백 년이 넘는 세월 동안 기운을 빼앗고 나눠주기를 수백, 수천 번 해왔지만 이렇게 그 자신을 그대로 옮기는 것은 처음 시도해보는 일이었다. 완벽히 자신이 있는 것은 아니었다. 다만 어차피 지금의 육신으로는 더는 생을 이어갈 수 없다는 사실이 자명했기 때문에 시도하는 것이다.

　그런데 조금 이상했다. 기운이 자신이 내보내는 것보다 더 빠르게 아이 쪽으로 흘러가는 것이었다. 마치 빨아들이는 것처럼. 이제 시력이 거의 다 해 제대로 아이를 볼 수 없었지만 기운만큼은 느껴졌다. 아이의 기운은 자신의 기운을 받고는 점점 더 진하고 강하게 뭉쳐지고 나뉘었다. 그리고 그 저 강한 기운이라고 여겼던 것이 서서히 구분되어 느껴지기 시작했다.

　'세……세 개!'

　서삼이 다급히 기운을 어떻게든 막아보려 했지만 이미 상당히 기운을 넘겨버린 서삼에게는 이 기운의 흐름을 순간적으로 통제할 힘이 남아 있질 않았다. 원래 새로운 육신으로 넘어가려고 했던 서삼은 이제 어떻게든 지금 몸에 남아 있고자 안간힘을 쓰고 있었다.

　"으아아아!"

　그 순간, 진우가 나타나 서삼의 목덜미를 쇠스랑으로 꿰어버렸다. 서삼이 그렇게 떼어내려 했지만 달라붙어 떨어지지 않던 손이 힘없이 지호에게

서 떨어져 나갔다. 서삼은 쇠스랑을 목에 꽂은 체 모로 스러지듯 누워 마지막 숨을 내쉬었다. 그리고는 다른 희생자들이 그러했듯 바람에 흐르는 모래처럼 순식간에 스러져갔다.

33

금정댁의 말처럼 지하실은 마치 안개가 낀 듯 하얀 무언가가 가득했다. 이제는 망설일 시간이 없음을 깨달은 진우는 지호와 손을 맞잡은 노인을 보자마자 가차 없이 쇠스랑을 노인의 팔에 꽂아 넣었다.

그 둘을 빙 둘러앉아 있던 노인들이 약속이나 한 듯 비명을 꽥 내질렀고 진우는 정신을 잃은 지호를 부둥켜안고 지하실을 뛰쳐나왔다. 민기는 사람들이 혹여 쫓아 나올까 봐 몽둥이를 휘두르며 뒤를 따랐지만, 노인들은 넋을 잃은 듯 제자리에 쓰러져 있거나 멍하니 앉아 있을 뿐이었다.

숨을 헐떡이며 1층으로 올라온 진우는 정신없이 지호의 상태를 확인했다. 지호는 어느새 정신을 차린 듯했다.

"지호야! 괜찮아? 지호야!"

"으음…… 아빠, 어디에서 이상한 냄새나요……."

주변을 둘러보던 진우는 희미한 가스 냄새를 맡자마자 곧장 지호를 들쳐 안고 집 밖을 향해 뛰었다. 그러다가 부엌에서 기다시피하며 나온 누군가에 발이 걸려 하마터면 넘어질 뻔했다. 금정댁이었다.

민기는 당혹감이 서린 얼굴로 우왕좌왕하며 금정댁의 팔을 잡아끌었다.

"할머니, 여기에 계시면 위험해요. 저희랑 같이……"

그러자 금정댁이 어서 가라는 듯 힘겹게 손을 흔들었다. 그녀의 다른 한 손에는 라이터가 쥐여 있었다. 그걸 확인한 진우와 민기는 잠시 서로를 마주 보았다가 이내 집 밖으로 뛰쳐나갔다. 겨우 현관을 벗어났을 때쯤 귀청을 찢을 듯한 폭발음과 두 사람은 집 밖으로 튕겨 나갔다. 금정댁이 무어라 외친 소리는 그들 중 누구도 듣지 못했다.

에필로그

민기는 그 일 이후 신문사를 떠났다. 직접 두 눈으로 보고 겪은 자신마저
도 믿기 힘든 일을 기사로 쓸 수 없었기에 천직이라 여기던 기자마저 관두
게 되었다.

그런데도 민기는 자꾸 진우를 찾아다녔다. 따로 기사를 쓰려는 것은 아
니었지만 지호가 어떻게 되었는지 꼭 알고 싶었다. 아니, 알아야만 했다. 폭
발 속 할머니의 손짓이 어떤 의미였는지. 그 저주가 끝난 것인지.

"선배…… 신문사 그만뒀다면서요. 그 사람이 누구길래 이렇게 집착하
시는 건데요? 이거 다 개인정보라고요."

"뭐! 신문사 관두면 자료 볼 자격도 없냐? 새끼야?"

"아니, 선배. 왜 욕을 하고 그래요! 또 대낮부터 술 드셨어요?"

"뭐? 이 새끼가? 내가 술을 대낮에 마시든 새벽에 마시든 네가 무슨 상관
이야! 어린놈의 새끼가 국회에 있다고 지가 국회의원인 줄 아나!"

"하…… 됐어요. 자료는 메일로 보냈으니까 이제 연락하지 마세요."

뚜 뚜 뚜

"싸가지 없는 새끼."

술병이 나뒹구는 고시원 바닥을 뒤적거려 노트북을 찾아내서는 메일함
을 열었다. 후배가 보내온 메일을 확인한 민기는 근 반 년 동안 세포 하나하

나까지 찌들어 있던 알콜들이 일순간 증발해버린 듯한 기분이 들었다.

민기는 번개에 맞은 사람처럼 후다닥 자리에서 일어나 대충 짐을 챙겨 들곤 고시원을 뛰쳐나갔다. 찾아야 한다. 아직 끝나지 않은 거야!

민기가 그대로 두고 간 노트북 화면에는 지역 신문의 사건사고 지면의 스캔본이 열려 있었다.

충남 고령군 ○○의원 원장 죽은 채 발견돼. 타살 정황 없으나 6세 자녀 행방불명. 경찰 총력 수색중.

작가의 말

나는 아이들을 좋아하지 않는다. 물론 나 역시 한때는 아이였다. 게다가 어린아이가 귀한 시골에서 태어나 자라면서 '아이이기 때문에' 많은 이권을 누렸다. 노인들은 아이의 고사리 같은 손에 뭐라도 쥐여주려 애썼다. 그 모습을 볼 때마다 머릿속에 궁금증이 일었다. 아이들에 대한 애정의 발로는 어디인가.

내가 추측하는 원인은 크게 세 가지다.

첫째, 생물학적 종족 보존의 욕망. 지구상 모든 생물을 통틀어 스스로 보호할 수 있는 상태에 이르는 데 가장 긴 시간이 드는 인간. 그런 인간이라는 생명체가 종족을 보존하기 위해서 DNA 깊숙이 아이를 사랑하고 아끼는 마음을 심어놓지 않았을까.

둘째, 노동력의 확보. 역사적으로 산업혁명 이전 인류의 활동에 필요한 것은 바로 인간의 노동력이었다. 노동에 기계를 이용하기 이전 시대에서 인간은 재화가 되므로 보호받아야 한다. 그런 사회적 필요에 의한 것이 아닐까.

세 번째는 바로 그리움과 시기, 욕망이다. 생의 반대말이 죽음이라고 했을 때 인간이 생을 가장 강렬하게 느끼고 욕망할 때가 언제일까. 그것은 아무래도 죽음이 가까웠을 때가 아니겠는가. 평소에 우리가 공기의 소중함을 못 느끼듯이 살아가며 생의 감사함을 느끼기는 어렵다.

반면, 노인들은 그렇지 않다. 그들은 빛나던 시간을 모두 지나왔고 가까워진 죽음을 등에 진 채 빛나던 생을 그리워하며 되새긴다. 늙을수록 사람은 과거의 이야기를 자주 한다. 그리움이란 무엇인가. 그것은 우리가 갈 수 없는 길에 대한 욕망이다. '죽어야지'라는 말을 달고 살지만 그건 실제로 죽음을 원해서가 아니라 돌아갈 수 없음에 대한 탄식이자 인정이며 자포자기다. 그런 이들에게 아이는 자기가 지나온, 가장 그리워하는 그 시기를 사는 존재다. 한때는 내게도 있었지만 이제는 영원히 가질 수 없는 생명이 가득한 존재. 그러니 어찌 부러움과 시기의 대상이 아닐 수 있겠는가. 그리고 내게 없는 것에 대한 욕망은 결국 시기로 변하고 폭력적 갈취가 되기도 한다.

『혼』은 그렇게 시작됐다. 처음은 막연히 노인들만 사는 마을, 그리고 그곳에 이사 온 아이에게 추악한 욕망을 드러내는 마을 사람들의 모습을 그리면 어떨까, 하는 정도로만 생각했었다. 하지만 구상을 거듭할수록 난 자문할 수밖에 없었다. 사람은 살고 싶어서 사는가, 살 수 있어서 사는가.

혹자는 영생에 대한 욕망에 어떤 이유가 있지 않겠느냐고 묻는다. 진시황이나 로마황제처럼 권력욕을 놓지 못해서, 혹은 재력가의 막대한 부에 대한 미련이 결국 영생의 목적이 아니냐고. 하지만 나는 되묻고 싶다. 정녕 그런 자들만 영생을 꿈꾸는지. 이 글을 읽고 있는 당신은 당장 내일 숨을 거두어도 여한이 없는지.

그 누구든 죽음이 가까워지면 더 살고자 하는 이유가 수십 가지 떠오를 것이다. 권력이나 재력과 상관없는 일이라도. 우리의 가장 근본적인 욕망이 삶에 닿아 있다는 방증이다. 그 어떤 욕망이라도 그것의 근간은 우리의 생에 있다. 살아 숨 쉬는 한 인간의 욕망은 막을 수 없다. 즉, 살아 있지 못하다면 그 어떤 욕망도 존재할 수 없다.

　소설 속 서삼에게는 영생을 누릴 수 있는 능력이 있었다. 문제는 타인의 삶을 빼앗아야만 실현할 수 있다는 것. 과연 내게 그런 능력이 있다면 영생이라는 강력한 욕망을 외면할 수 있을까. 아니면 나 역시 서삼처럼 추악한 괴물로 영원히 살아갔을까. 삶에 대한 염원, 영생에의 욕망은 누구에게나 있다.

　하지만 우리가 명심해야 할 것은 욕망의 주인은 우리라는 것이다. 주객이 전도되어 그저 욕망에 삶을 내맡긴다면 누구라도 서삼처럼 추악한 악취를 내뿜는 괴물이 되어버릴 것이다. 우리의 삶 속으로 욕망을 잘 다독이고 만족할 줄 아는 삶을 사는 것. 그것이 사람답게 사는 것이 아닐까.

　마지막으로 늘 머릿속으로만 구상하던 부끄러운 글을 읽어주고 칭찬만 해준 동료들과 친구들(우진, 인호, 길중, 동환, 현, 연화, 보람, 주), 부족한 글이 책으로 나올 수 있게 해주신 부크크, 이 글이 나올 수 있게 나를 세상에 내어주신 부모님께 감사함을 전한다. 특히나 태어나 처음으로 제대로 된 한 편의 이야기를 완성할 수 있게 온 힘이 되어준 내 아내, 강다솔에게 무한한 사랑과 영광과 인세(일부)를 바친다.

윤재광